光文社文庫

文庫書下ろし／長編時代小説

情愛の奸《かん》

御広敷用人 大奥記録(十)

上田秀人

光 文 社

この作品は光文社文庫のために書下ろされました。

目次

御広敷略図

↑大奥

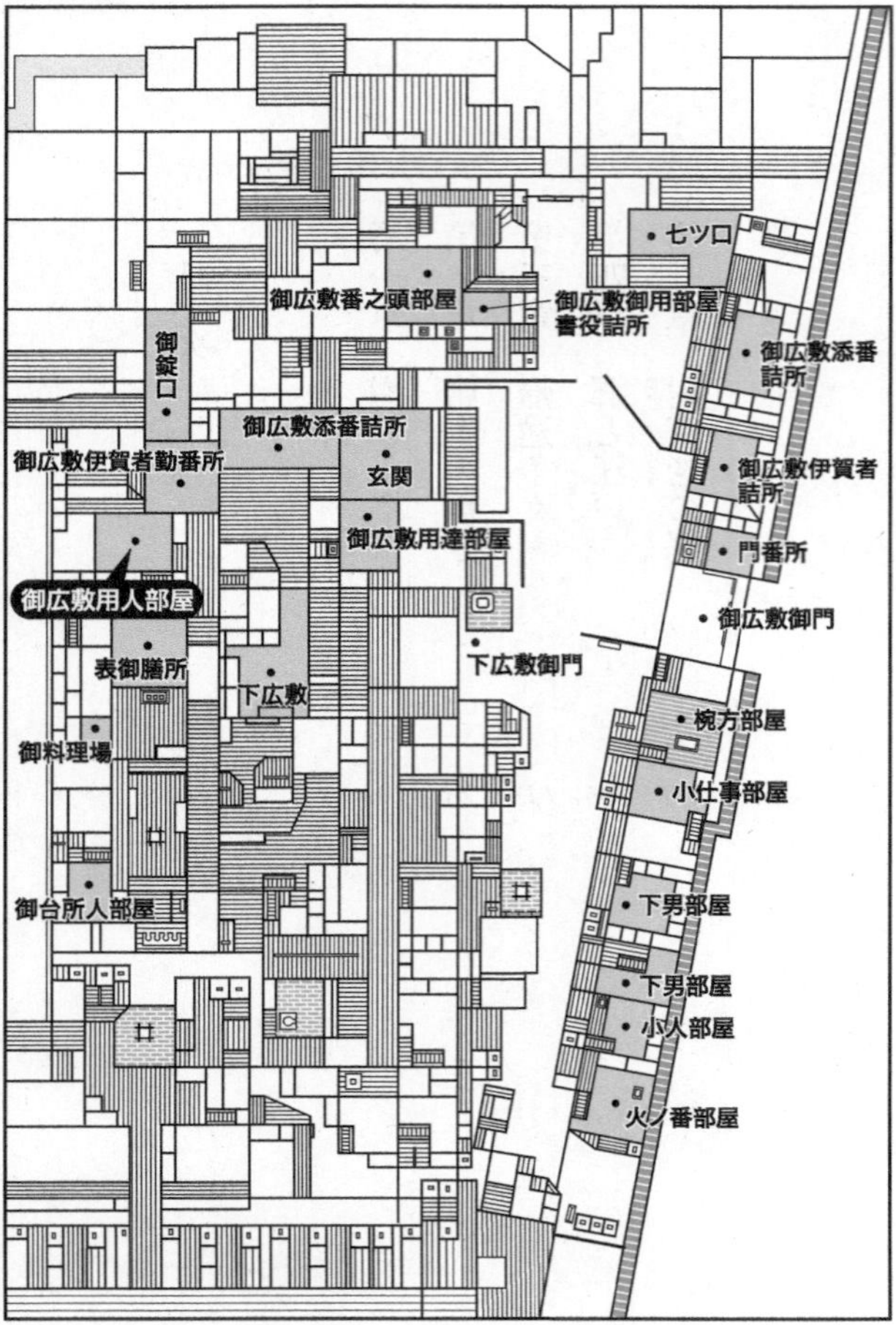
七ツ口
御広敷番之頭部屋
御広敷御用部屋
書役詰所
御錠口
御広敷添番
詰所
御広敷添番詰所
玄関
御広敷伊賀者勤番所
御広敷伊賀者
詰所
御広敷用達部屋
門番所
御広敷用人部屋
御広敷御門
表御膳所
下広敷
下広敷御門
椀方部屋
御料理場
小仕事部屋
御台所人部屋
下男部屋
下男部屋
小人部屋
火ノ番部屋

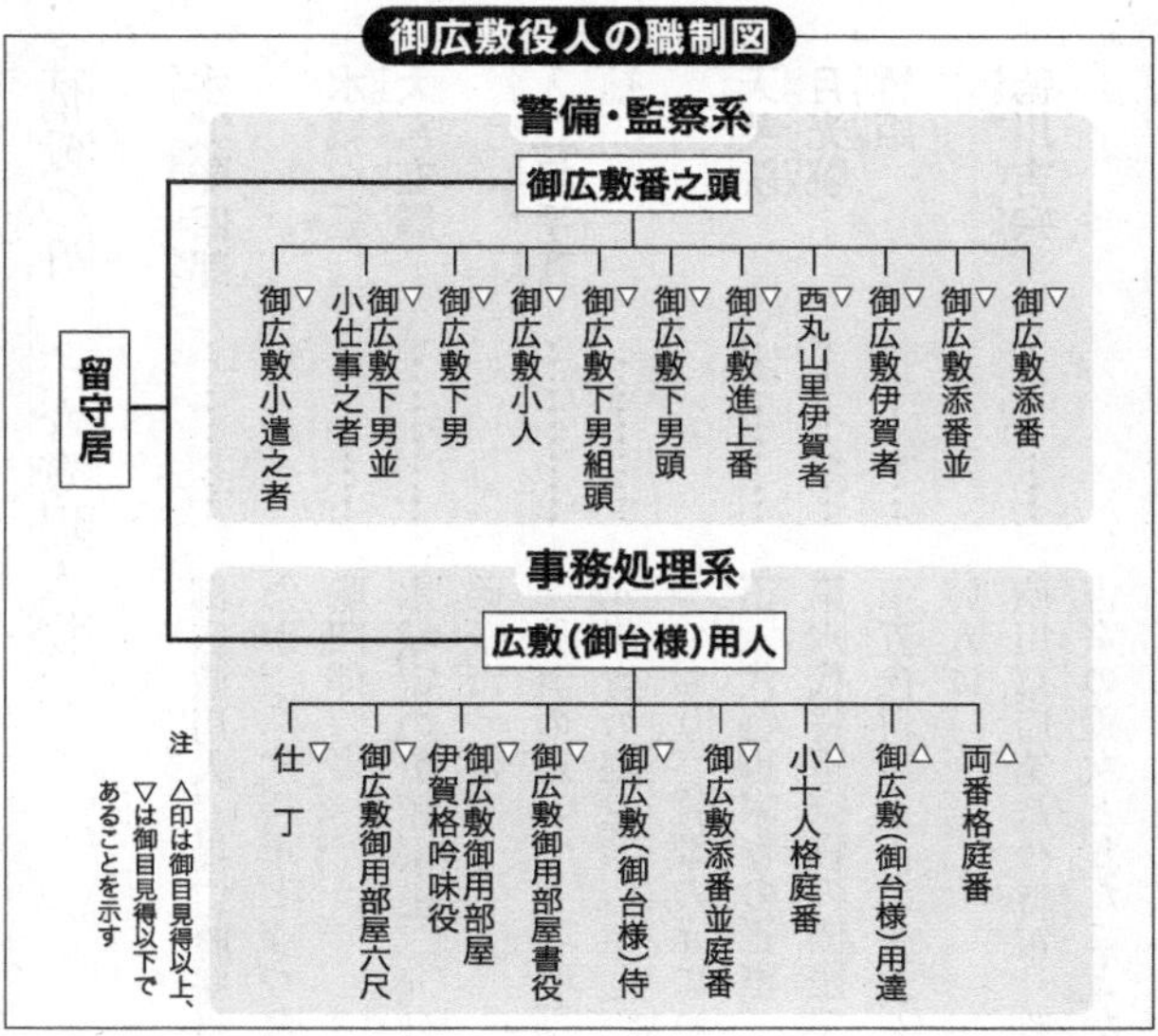
御広敷役人の職制図
警備・監察系
御広敷番之頭
▽御広敷添番
▽御広敷添番並
▽御広敷伊賀者
▽西丸山里伊賀者
▽御広敷進上番
▽御広敷下男頭
▽御広敷下男組頭
▽御広敷小人
▽御広敷下男
▽御広敷下男並
小仕事之者
▽御広敷小遣之者
留守居
事務処理系
広敷(御台様)用人
△両番格庭番
△御広敷(御台様)用達
△小十人格庭番
▽御広敷添番並庭番
▽御広敷(御台様)侍
▽御広敷御用部屋書役
▽御広敷御用部屋
伊賀格吟味役
▽御広敷御用部屋六尺
▽仕丁
注 △印は御目見得以上、▽は御目見得以下であることを示す

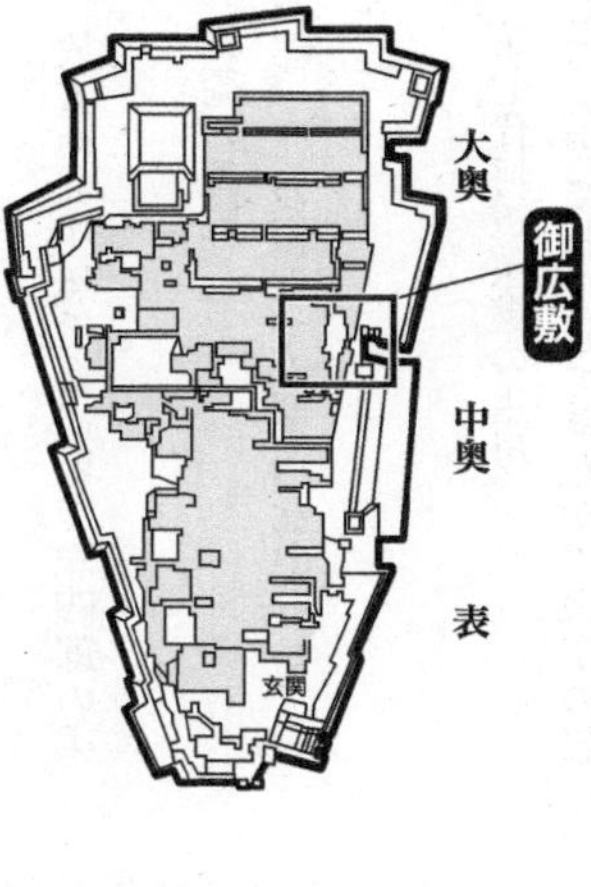
大奥
御広敷
中奥
表
玄関

情愛の奸　主な登場人物

水城聡四郎《みずきそうしろう》……………御広敷用人。勘定吟味役を辞した後、寄合席に組み込まれていたが、八代将軍となった吉宗の命を直々に受け、御広敷用人に。

水城紅《みずきあかね》……………聡四郎の妻。

大宮玄馬《おおみやげんば》……………水城家の筆頭家士。元は一放流の入江無手斎道場で聡四郎の弟弟子だった。

入江無手斎《いりえむてさい》……………一放流の達人で、聡四郎の剣術の師匠。

袖《そで》……………元伊賀の郷忍。いまは聡四郎、紅の頼みで大奥へ女中として入っており、竹姫の元にいる。

天英院《てんえいいん》……………第六代将軍家宣の正室。

月光院《げっこういん》……………第六代将軍家宣の側室で、第七代将軍家継の生母。

竹姫《たけひめ》……………第五代将軍綱吉の養女として大奥で暮らしてきたが、吉宗の想い人に。

徳川吉宗《とくがわよしむね》……………徳川幕府第八代将軍。聡四郎が紅を妻に迎えるに際して、紅を吉宗の養女としたことから、聡四郎にとっても義理の父に。

御広敷用人　大奥記録（十）

情愛の奸《かん》

第一章　崩れた権威

一

年の瀬が近づくと大奥《おおおく》は騒がしくなった。

「煤払《すすはら》いの配分をいたす」

表使《おもてづかい》が、集まったお次《つぎ》たちの前で話を始めた。

大奥の出入り、買いもの、その他所用のほとんどを司《つかさど》るのが表使である。身分はそれほど高くはないが、賢い女でなければ務まらない役目であり、表《おもて》の老中《ろうじゆう》に匹敵する大奥年寄《としより》へ出世していくことも多い。

実務においては大奥第一の力を持っていた。

「月光院《げつこういん》さまのお館《やかたしゆう》衆、御広敷座敷、上《かみ》の御《お》錠口《じようぐち》。天英院《てんえいいん》さまのお館衆、下《しも》の御錠口、一の長局《ながつぼね》」

「なっ……」

天英院の局から出ていたお次が顔色を変えた。

「お方さまに付いている我らに、長局の煤払いをいたせと」

長局は一之側から四之側まであり、個人として局を与えられない中臈《ちゅうろう》以下の女中たちの住まいである。数が少ないほど高位な者に割り当てられるが、下級女中の居場所には違いなかった。

「ご不満かの」

冷たい声を表使が出した。

「御台所《みだいどころ》は煤払いに出ないのが決まりであろう。現に今まで、館の煤払いだけで、他所《よそ》への出向きはなかった」

天英院の局から出ているお次が抗議をした。

「…………」

無言で表使が天英院の局のお次を見つめた。

「な、なにか」

天英院のお次が、沈黙の圧力に震えた。

「いつまで御台所のおつもりか。先代ではなく、先々代の御台所でありながら、未練たらしく大奥に残り続けて恥とは思われぬのかの」

「な、なんだと」

露骨な悪意に、天英院のお次がひるんだ。

「御台所は上様の喪明けをもって、大奥を出て中《なか》の丸《まる》あるいは二の丸へ移られ、そこで仏道に入られるべきではないのかの」

「そのような慣例はない」

表使の言葉に、天英院のお次が反論した。

これも事実であった。歴代の将軍で、御台所より先に身罷《みまか》ったのは、三代将軍家《いえ》光《みつ》、五代将軍綱吉《つなよし》と六代将軍家宣《いえのぶ》の三人だけである。このうち五代将軍綱吉の御台所鷹司信子《たかつかさのぶこ》は、夫の死後一カ月ほどで後を追っているため、喪明けまで生存していない。家宣の正室だった天英院は、その夫の死後すでに四年を過ぎるのに、未だ大奥に君臨していた。

「三代将軍家光さまの御台所鷹司孝子《たかこ》さま、落髪《らくはつ》されて本理院《ほんりいん》さまは中の丸でその余生を過ごされたぞ」

表使が言い返した。

「なにを言うか。三代家光さまとご夫婦仲が悪かった本理院さまは、婚姻なされた当初に中の丸へお移りになられたのであり、決してお亡くなりになったからというわけではない」

天英院のお次がさらに抗弁した。

これも事実であった。

男色を好んだ三代将軍家光は、関白《かんぱく》鷹司信房《のぶふさ》の娘であった孝子を嫌い、婚姻直後に大奥から中の丸へと放逐《ほうちく》し、ほぼ絶縁状態とした。家光との間に閨《ねや》ごとのなかった孝子は、子をもうけることもなく、五十年を中の丸で過ごした。

「ほう、そなたはたかがお次の身で、将軍家のご夫婦仲に悪評を立てると申すか」

「あっ……」

指摘された天英院のお次が蒼白になった。

お次は、大奥女中の格式でいけばかなり下になった。目見《めみ》えはできるが、表使よりも二段階低く、道具や献上品の扱いを主とし、他に館や局の雑用をこなす下級女中たちの監督も務めた。

そんなお次が三代将軍家光の悪口を言ったとなれば、ただですむはずはなかった。

「口が過ぎました。お忘れくださいますよう」

天英院のお次が詫びた。

「妾《わらわ》は忘れてやってもよいが、他の者たちはどうであろうの」

意地悪く表使が口の端《は》をゆがめた。

「それは……」

言われた天英院のお次が、周囲を見回した。

「表使さま。担当は承りました。帰ってもよろしゅうございましょうか」

月光院の局に属するお次が声を発した。

「うむ。かまわぬ」

表使が認めた。

「ま、待って……」

天英院のお次が、焦った。

月光院と天英院は将軍生母、将軍正室と、ともに大奥で権力を握るにふさわしい肩書きを持つ。だけに、両雄並び立たずの格言にもあるよう、仲は悪かった。いわば大奥の主人の座を巡る戦いをしている相手に、弱みを知られる。これは大きな痛手《いたで》になった。

「では。お先でございまする」

座している一同に挨拶をして、月光院のお次が出ていった。

「あ、あああああ」

天英院のお次が泣きだした。

「竹姫《たけひめ》さまの局のお方はおられるかの」

泣き崩れている天英院のお次を無視して、表使がていねいな口調で呼んだ。

「これに」

袖《そで》が返答をした。

雑用係のお末だった袖は、竹姫の貞操《ていそう》を守り抜いた功績で目見え格のお次並《なみ》へと抜擢されていた。人手のない竹姫の局である。お次並の袖が表使のもとへ出ていた。

「今年はお局だけで結構でござる」

他はしなくていいと表使が告げた。

「おおっ」

「それは……」

「やはり、上様は」

会《かい》していたお次たちがざわついた。

己の館あるいは局だけ掃除していればいいというのは、主人だけの特権であったからだ。どこの武家、商家でも、主《あるじ》が奉公人の使う場所を掃除することなどはない。

「……かたじけのうございまする」

一瞬驚いた袖だったが、すぐに頭を下げた。

「では、ご一同さま、ご無礼をいたしまする」

「うむ。竹姫さまによしなにな」

帰ると言った袖に、表使が付け加えた。

「はい。きっとお名前をお伝えいたしまする」

気遣いをもらったことを竹姫へ報告すると袖は告げた。

「な、なぜだ」

竹姫の扱いに、天英院のお次が感情を爆発させた。

「あのような捨て姫が、天英院さまよりも上だと言うか」

追い詰められた天英院のお次が表使に詰め寄った。

竹姫は清閑寺《せいかんじ》家の姫である。もともとは綱吉の愛妾《あいしょう》大典侍《おおすけ》の局《つぼね》の娘分として江戸へ下った。大奥に入ってすぐ竹姫は綱吉の気に入りとなり、その養女となった。

公家《くげ》の姫から将軍の養女となった竹姫は、会津松平《あいづまつだいら》や有栖川宮《ありすがわのみや》など身分にふさわしい相手との婚約がもちあがるが、どちらも成立する前に相手が死ぬという不幸に見舞われた。傷心の竹姫に可愛がってくれた綱吉の死が重なった。

生類憐《しょうるいあわ》れみの令という悪法を布《し》いた綱吉の影をさっさと消し去りたい六代将軍家宣の意向もあって竹姫はそれ以降放置され、大奥の片隅で忘れられたようにひっそりと生きてきた。

その竹姫に、八代将軍となった吉宗《よしむね》が一目惚れした。いないものとして扱われていた姫が、いきなり将軍の御台所候補になった。当然、大奥の主を自認している天英院が、これを許せるはずはなかった。

「卑《いや》しき男を使って、大奥の姫を襲わせようとする者よりは、はるかに上であると妾は思うぞ」

表使が断じた。

「うっ……」

天英院のお次が詰まった。

「知られていないと思っていたのか。それはまた甘いことよなあ。表使は、大奥のすべてを司る。五菜《ごさい》どもも妾は指揮するのじゃ。五菜の一人が、太郎《たろう》と申したか、いなくなったことなど、すぐにわかったわ。五菜は我らの下働きとはいえ、男じゃ。

大奥へ出入りできる男が一人いなくなる。それが意味することを読めぬようで、表使が務まるわけなかろうが」

「………」

指摘された天英院のお次が黙った。

「想わぬ男によって身体を汚される。それが死よりも辛いことだと、大奥の女すべてが知っておるわ。見てみるがいい。この場にいる女たちの顔を」

「なにを……」

言われた天英院のお次は、おずおずと振り向いた。

「………」

「ひっ」

無言ながら氷のような目を向けられた天英院のお次が悲鳴をあげた。

「わかったであろう。宴で嫌がらせをするくらいならば、我らもなにも言わぬ。手助けも、手出しもせぬ。だが、操《みさお》はならぬ」

「て、天英院さまぞ。他の者とは比べるのも畏《おそ》れ多い」

なんとか天英院のお次が言い返そうとした。

「上様よりも上だと言うか」

「そのような話では……」

「たわけが」

まだ言いつのろうとした天英院のお次を表使が叱りつけた。

「大奥の女はすべて上様にその身を捧げておる。いわば命も操も上様のものである。その上様のものである竹姫さまの操を勝手に奪おうとした。これは表で言うところの謀叛《むほん》である」

「謀叛……そこまでのものでは」

「いいや。謀叛じゃ」

「そうじゃ」

「許されぬ所行《しょぎょう》である」

首を大きく振って否定しようとした天英院のお次を咎《とが》め立てたのは、表使ではなく、他のお次たちであった。

「そなたたちなにを」

同じお次という身分には違いないが、天英院の局に属しているだけに格上の扱いを受けてきた。それが、一斉に非難を受けたのだ。天英院のお次が戸惑った。

「まだわからぬのか。大奥にいる女にとって、最大の栄誉は上様のお情けをいただくことじゃ。ご寵愛《ちょうあい》をいただくことで、己だけでなく、実家や一族まで繁栄を約束される。だが、それも操が清いままであればこそ。天英院さまがなさろうとしたことは、大奥の女の夢を潰すも同然」

「…………」

「天英院さまは、大奥の女全員を敵に回したのだ」

「あっ、あああ」

ようやく理解した天英院のお次が頭を抱えた。

「……次、佐和山《さわやま》さまの局の者」

「はい。これに」

表使は泣いている女を無視して、仕事を進めた。

天英院の局が力を落としたとの噂は、一日かからずに大奥を駆けめぐった。

「いい気味よなあ」

月光院が満足そうに笑った。

「まことに。これで天英院さまは落ちたも同然でございまする」

月光院付き上臈《じょうろう》の松島《まつしま》も同意した。

「……しかしだの」

笑いを月光院が消した。

「代わって、竹が出てきたではないか」

「……さようでございまする」

松島も表情を引き締めた。

「こちらから上様に勧めた女はどうなった」

月光院が問うた。

吉宗は早くに正室を失っている。紀州《きしゅう》藩主だったときに側室を設けていたが、大奥には連れて来ていなかった。

将軍は大奥以外で女を抱くことは許されていなかった。もちろん、天下人《てんかびと》たる将軍に掣肘《せいちゅう》を加えられる者などいないので、鷹狩りの最中などに気に入った女を見つけて、閨《ねや》御用を申しつけても問題はない。ただ、その女が産んだ子供を認知できないのだ。

これは、その女が他の男の種を受けているかも知れないからで、ほんの一筋の疑念でもあれば、その腹から生まれた子供を公子として認めるわけにはいかなかった。

その女を将軍が気に入った場合でも、半年以上隔離して妊娠していないとわかってから、身許引受人となる旗本《はたもと》を用意して大奥へあげる。こういった手順を踏まなければならない。

その手順が至極面倒なため、外の女に手出しする将軍は、初代家康《いえやす》、五代綱吉以外いなかった。

だからといって大奥ならば、誰に手出しをしていいというものでもなかった。

大奥の女はすべて将軍のものである。

これはまちがってはいない。ただ、将軍という高貴な男が、手出しできる女には制限があった。

目見え以上の女中でなければ、将軍の相手はできない。目見え以下の女中は、将軍にとって女では、いや人でさえなかった。

また、目見え以上でも、顔をあげて将軍を見ることができる身分と、畳の目を数えていなければならない者とがある。顔をあげなければ、美しいか、好みの容貌かわからない。

何百といる大奥女中である。なかなか将軍の目に留まる女は少ない。

ではどうするのか。

将軍と容易に話ができる高級女中たちが、お膳立てをするのである。

大奥にいる女を紹介するときは、お茶の用意をさせ、さりげなく将軍に紹介する。大奥以外の女のときは、お庭拝見として大奥に招き入れ、将軍との出会いを演出する。

こうして将軍に紹介した女が気に入りとなれば、仲介した女中にも恩恵はある。出世したり、高価な物品を下賜《かし》されたりする。

将軍に側室を宛《あてが》うのも、大奥上級女中の仕事であった。

「あいにく、上様の前に何度も出しましたが、一向にお声がかかりませず」

松島が首を横に振った。

「ちゃんと美しい女を用意したのだろうな」

月光院が確認した。

「大奥であれほどの美形は他に見あたりませぬ。いささか身分が軽うございましたので、とある旗本の養女に仕立て上げ、上様大奥入りの際、近くへ侍《はべ》らせましたが……」

「竹をお好みである。上様は乳も膨《ふく》らんでおらぬような幼い女でなければならぬのではなかろうな」

困惑する松島に、月光院が続けた。

「それはないかと存じまする」

「どうしてそう言える」

否定した松島に、月光院が問うた。

「紀州家の奥に遠縁の者が勤めておりまして。その者から聞いたところによりますと、上様のご寵愛を受けた女たちは、皆大柄で、乳も腰も他人の倍から張っているとのことでございました」

「ふうむう」

報告に月光院が悩んだ。

「わからぬの、男というものは」

「はい」

松島もうなずいた。

「だからといって見過ごしにはできぬ。竹が大奥で唯一の女になってしまうのはまずい。妾《わらわ》の立つ瀬がなくなる」

「…………」

さすがに認めるのは失礼になる。松島は沈黙を保った。

大奥でもっとも権力を持つのは、将軍御台所である。その次が将軍生母、あるいは前将軍の正室、寵愛の深い側室となる。

「天英院が崩れた今、大奥の主は妾である」

「はい」

「じゃがそれも、竹が正式に上様の御台所となるまでよ」

松島が首肯《しゅこう》した。

「いたしかたないことでございましょう。ここは無理をなさらず」

おとなしく退くことで、天英院の二の舞《まい》を避けるべきだと松島が進言した。

「第二席に降りるのはよい。母というのはいつか息子から捨てられるもの。男は抱けぬ母よりも、閨に侍る女を愛《いと》しく思うものじゃ」

「…………」

これも同意しにくい。松島は返答をしなかった。

「問題は、竹だけが上様の女になることじゃ。寵愛が分散せねば、竹の力は巨大になる」

「はい」

松島も肯定した。

「竹の他に二人くらい、上様の寵愛を受ける女が要《い》る。寵愛を受ける女同士が競い合ってくれれば、その間を取り持つ形で、妾の重みが増す」

月光院が語った。

「とはいえ、他の局から寵愛の女を出すのはいかぬ。少なくとも一人は、妾の指示通り動く女を上様の閨へ侍らせねばの」

「仰せの通りでございまする。わたくしにお任せを」

松島が手をついた。

二

京《きょう》から名古屋《なごや》へ向かうには、東海道を下るのがもっとも便利である。他に中山道《なかせんどう》を使って関ヶ原《せきはら》を過ぎたあたりで南下する方法もあるが、少し遠回りになるうえ、木曽《きそ》の険しい山道を通らなければならなくなる。

水城聡四郎《みずきそうしろう》たちは東海道を下り、桑名《くわな》の宿から佐屋《さや》街道を進んだ。

「狭いな」

佐屋街道に入った聡四郎は、一気に道幅が狭まったことに驚いた。

「桑名からは船で宮《みや》へ渡るのが決まりでございますから」

同行している御広敷伊賀者山崎伊織《いがものやまざきいおり》が応じた。

「とはいえ、どうしても船は嫌だという者もおりますので、街道として整備されておりまする」

山崎伊織が言った。

東海道の難所の一つが、この桑名から宮までの海上街道であった。その距離から七里《しちり》の渡しと呼ばれる船旅は箱根《はこね》や大井川《おおいがわ》ほどではないが、かなりの難所として知られていた。

七里（約二十八キロメートル）を歩かずにすむ。ただ、船に乗っているだけで運んでもらえる。楽ではないかと思うが、そうとは限らなかった。

海がいつも凪《な》いでいるとは限らないのだ。大荒れ、大時化《おおしけ》で渡し船が沈没したこともある。そこまでいかなくとも船の揺れで酔い、半病人のようになる者は多い。

他にも狭い船を利用した女への痴漢行為や、子供の虐待なども後を絶たない。聡四郎や大宮玄馬《おおみやげんば》のような武家ならばともかく、女子供にとって船は決して安楽な乗物ではなかった。

「他にも、船留めなどもございます。いつ回復するかわからない天候のために、宿で無駄な費用を遣うわけにもいかぬという者がおりまする。しかし、大多数は渡し船を使用いたしますので、こちらは脇扱い。どうしても金をかけてまで整備をするというわけにもいかぬのでございましょう」

「なるほど」

説明に聡四郎は納得した。

「船の手配ができましてございまする」

そこへ大宮玄馬が戻ってきた。

「因果《いんが》なものよな。七里の渡しを避けても船に乗らねばならぬとは」

聡四郎が嘆息《たんそく》した。

桑名から名古屋へ向かう佐屋街道は、木曽川、長良川《ながらがわ》という大河越えでもあった。渡しを過ぎれば、佐屋宿である。佐屋をそのまま通過し、二里弱（約七・五キロメートル）で神守宿《かもり》、一里半強（約六・八キロメートル）の万場宿《まんば》、十五町《ちょう》（約一・六キロメートル）しか離れていない岩塚宿《いわつか》を経由ののち、街道を左に折れれば名古屋の城下に着く。

「……あれが名古屋の城」

威容を誇る名古屋城に、聡四郎は息を呑んだ。

「まこと、江戸城の次に勇ましい」

驚きながらも大宮玄馬が、江戸城を誇っていた。

「天下普請《ぶしん》でございますから」

山崎伊織は感情をあまり表に出さない。事実を淡々と告げた。

名古屋城は慶長《けいちょう》十四（一六〇九）年、関ヶ原の合戦で天下を手にした徳川家康《とくがわいえやす》が、九男義直《よしなお》のために普請を命じた。

加藤清正《かとうきよまさ》、福島正則《ふくしままさのり》、黒田長政《くろだながまさ》らの外様《とざま》大名が手伝う形でおこなわれた天下普請であり、完成まで五年以上かかる大規模なものとなった。

五層五階の大天守を擁《よう》しているだけではなく、ちょっとした城の天守閣といえる規模の櫓《やぐら》がいくつも並んでいる。

「さすがは御三家筆頭、尾張《おわり》徳川家の居城」

城に向かって歩きながら、聡四郎は感嘆した。

「当初は惣構《そうがま》えの予定であったそうでございますが……」

諸国風聞録を作るのも伊賀者の役目である。山崎伊織は名古屋城にも詳しかった。

「大坂《おおさか》の豊臣《とよとみ》家を滅ぼしたことから、不要とされ、計画は中止になったそうでございまする」

惣構えとは、城下町を取りこむような形で、濠や塀、土塁《どるい》を設けることである。

戦国時代関東を領した北条《ほうじょう》氏の居城小田原《おだわら》城がその代表とされている。織田信長《おだのぶなが》に謀叛をおこした荒木村重《あらきむらしげ》の有岡《ありおか》城の戦いを見てもわかるように、惣構えを持つ城は難攻不落として知られている。

「泰平を象徴する話よな」

「惣構えを造るとどうしても城下の出入りが制限され、かなり不便となり、発展も阻害いたしまするゆえ」

感心した聡四郎に、山崎伊織が付け加えた。

話をしているうちに三人は名古屋城下に入った。

大坂の豊臣家に対抗して造られた名古屋城は、西国《さいごく》からの軍勢に備えるように縄張りをされている。その西国から名古屋に入った三人は、まず武家屋敷群に出迎えられた。

「我が屋敷と変わらぬ規模よな」

聡四郎は立ち並ぶ武家屋敷を見て口にした。

「はい。この辺りは尾張でも中級藩士とされる五百から六百石《こく》内外の屋敷が多うございまする」

山崎伊織が反応した。

「御三家のご城下もお調べでござるか」

大宮玄馬が驚いた。

もとは幕府御家人《ごけにん》の息子とはいえ、今は聡四郎の家士《かし》である。陪臣となった大宮玄馬は御広敷伊賀者の山崎伊織にていねいな口調で問うた。

「御三家も越前《えちぜん》松平家も調べまする。例外はございませぬ」

山崎伊織が述べた。

「身内ほど面倒だといつも上様は仰せである」

聡四郎も首肯した。

「頼りにすべき一門まで疑わねばなりませぬか」

大宮玄馬がなんともいえない顔をした。

「将軍の座は一つ……」

聡四郎はかつて吉宗が口にした言葉を思い出した。

「その通りでございまする」

山崎伊織が首肯した。

「殺伐としたものでございますな」

大宮玄馬がため息を吐いた。

「尾張は敵と考えるべきか」

「敵……」

「…………」

小さく漏らした聡四郎に、大宮玄馬が目を剝《む》き、山崎伊織は沈黙した。

「とりあえず、宿を取りましょう。あまり路上でしてよい話とは思えませぬ」

山崎伊織が諭《さと》した。


尾張名古屋城下は、京を模した碁盤の目のように交差した南北、東西の筋で区切られていた。

「伏見《ふしみ》屋でございまする。どうぞ、お泊まりを」

伝馬《てんま》町筋と伏見町筋がぶつかる角近くに、客引きを出している旅籠《はたご》があった。

「宿を取りたいがよいか」

大宮玄馬が客引きに出ている男衆に声を掛けた。

「ありがとうございまする。お三人さまで」

ちらと大宮玄馬の後ろを見た男衆が問うた。

「さようである」

大宮玄馬がうなずいた。

「どうぞ、お上がりを。おい、お濯《すす》ぎの用意」

暖簾《のれん》をたくし上げた男衆が、なかに向かって指示を出した。

お濯ぎは桶に入れた水のことである。埃《ほこり》っぽい街道を旅してきた客の足を洗うことで、室内へ砂埃を持ちこまないようにするためのものであった。

旅人は宿の上がり框《かまち》に腰掛け、草鞋《わらじ》を脱ぎ、脚絆《きやはん》を外して足を洗ってもらってから、座敷へと通された。

「ほう、眺めの良い部屋だ」

二階の奥へ案内された聡四郎は、窓から見える城下に満足した。

「お宿帳をお願いいたしまする」

男衆に代わった番頭が、分厚い帳面を開き、筆を差し出した。宿帳への記載は義務であった。これも防犯の一つになっており、他国者《よそもの》の動向を調べ、なにかあったときの参考とするのである。宿帳への記載を断れば、町奉行などへ報《しら》された。

「旗本水城聡四郎、従者大宮玄馬。住まいは江戸本郷御弓町《ほんごうおゆみちよう》。旗本山崎伊織。住まい四谷御箪笥町《よつやおたんすまち》」

代表して大宮玄馬が記した。

「お旗本さまでございましたか」

　あらためて番頭が恐縮した。

「京での御用をすませ、江戸へ帰る途中である」

　大宮玄馬が告げた。

「さようでございましたか」

　番頭が納得した顔をした。

「お風呂はすでに沸いておりまする。お使いの際は一言お願いをいたしまする。他のお客さまにご遠慮いただきますので」

　番頭が告げた。

　身分の違う者を一緒に入浴させるともめ事のもとになった。町人と同じ湯に浸《つ》かれるかという苦情を出す武家は多い。聡四郎はそのようなことを気にしない。なにせ若いころは、家を継げず剣術に没頭するしかなかったのだ。それも名うての貧乏道場である。弟子も御家人ならまし、ほとんど町人か浪人というありさまである。一緒に飯を喰ったし、ともに素裸で井戸水を浴びた。

　しかし、宿の風呂は狭い。できればのんびりとしたいと思うのは人として当然の感情である。聡四郎は、番頭の気遣いをありがたく受けた。

「まず、汗を流そう。今からでもよいか」

「少しだけお待ちを。念のため湯加減を見て参りまする」

宿帳を持って番頭が出ていった。

風呂の後は夕餉《ゆうげ》である。

「酒は要らぬ。飯だけ多めにもらおう」

聡四郎が番頭に注文を付けた。

「承知いたしましてございまする。他になにか」

番頭が腰をあげつつ訊《き》いた。

「明日、建中寺《けんちゅうじ》へ参りたいと思うのだが、場所はどこか」

聡四郎が尋ねた。

「建中寺さまでございましたら、少し離れておりまする」

「ここからならどのくらいだ」

答えた番頭に、聡四郎は重ねて質問した。

「さようでございますなあ。半刻《はんとき》(約一時間)もあれば行けるかと」

少し考えて番頭が述べた。

「お参りをいたしたい。出立《しゅったつ》のおり、経路を教えてくれ」

「へい。お出かけのとき、お声をお掛けくださいませ」

首肯して番頭が出ていった。

山崎伊織が、聡四郎を見た。

「建中寺ならば、わたくしが存じておりますが」

「わかっておる。おぬしが名古屋城下に精通していることはの」

聡四郎が認めた。

「ではなぜ、わざわざ番頭に」

山崎伊織が首をかしげた。

「動きがあるかもと思ったのだ」

「……動き。宿がどこかに我らのことを報せると」

すっと山崎伊織の目が細くなった。

「旗本が尾張藩主の菩提寺《ぼだいじ》を訪ねる。そうそうあることではなかろう」

「たしかに」

山崎伊織が同意した。

「それでは……」

「慌てるな。さすがに宿を襲うことはなかろう。なにせ、明日には建中寺へ行くと宣言してあるのだ。なにかあるとすれば、境内《けいだい》かあるいは、参詣してからの帰途」

緊張した大宮玄馬を聡四郎は宥《なだ》めた。

「あるとお考えなのでございますな」

確かめるように山崎伊織が聡四郎を見た。

「あの上様のご指示ぞ。なにもないと考えるほうがまちがっていよう」

「………」

沈黙は肯定である。山崎伊織が黙った。

「それに藤川義右衛門《ふじかわぎえもん》があのまま黙っているとは思えぬ」

「……はい」

もと御広敷伊賀者組頭《くみがしら》の藤川義右衛門は、聡四郎と敵対したことで幕臣の籍を失っている。その恨みは深く、今回の道中でも何度となく襲いかかってきていた。

「伊賀がどう出るか次第でございましょうが」

山崎伊織が眉をひそめた。

「伊賀の郷忍《さとしのび》が襲い来ると」

大宮玄馬が警戒した。

「京から名古屋の中間に伊賀はございまする。伊賀の郷忍を率いる藤林《ふじばやし》は江戸へ出ておりますので、留守を守る者がどう出るか」

「また来るか」

聡四郎も嫌な顔をした。

今回の上洛《じょうらく》の前、吉宗から京の状況を調べるように命じられ、上洛した聡四郎を藤川義右衛門に雇われた伊賀の郷忍が襲った。

幸い、大宮玄馬の活躍で、伊賀の郷忍を全滅させた聡四郎だったが、その余波は痛いものであった。そのとき討たれた伊賀忍の妻、姉、妹たちが復讐のために江戸へ下り、聡四郎と大宮玄馬を狙った。そして、そのあおりを受けて紅《あかね》が傷ついてしまった。

「伊賀の郷忍を排除するのはよいが……」

向こうから命の遣《や》り取《と》りを求めて来た敵を見逃すほど、聡四郎は優しくない。下手な情けが、後々大傷になることを知っている。

「恨みを遺すのは……」

大宮玄馬も辛そうに頬をゆがめた。

「それが伊賀の掟《おきて》でございまする。古くは聖徳太子《しょうとくたいし》の御世《みよ》から伊賀は忍として雇われ、他国で死んで参りました。故郷《ふるさと》で死ねなかった恨みは、遺された者が晴らしてやるしかございませぬ」

すでに伊賀の地を離れて何代にもなる山崎伊織だが、それでも想いは受け継がれてきたのか、低い声で言った。

「わからぬでもないが、こちらから手出ししたわけでもないのに、降りかかる火の粉を散らしただけで、恨まれてはたまらぬ」

聡四郎は首を左右に振った。

「江戸の伊賀組に、もうその気風は残っておりませぬ」

山崎伊織が断言した。

「当たり前ぞ。江戸の伊賀組は御上《おかみ》の御用で動く。御用になにがあろうとも恨みを抱くなど論外である」

厳しく聡四郎は断じた。

御用で相果てる。これは旗本の義務であった。いつでも将軍に命じられれば、命を賭《と》して戦わなければならない。そのために禄を支給され、日頃は生活の苦労をしなくてすんでいるのだ。戦いに出て、討ち死にしたからといって、指揮を執《と》った将軍を恨むなど決して許されるものではなかった。それが嫌ならば、さっさと禄を返上し、浪人になればいい。

浪人は侍ではない。主君を持たぬ者は武士ではなく、庶民になる。庶民には命を差し出す義務はなかった。

「承知いたしておりまする」

山崎伊織が頭《こうべ》を垂《た》れた。

「……御用人さま」

意を決したように山崎伊織が聡四郎を見つめた。

「どういたした」

聡四郎も緊張をした。

「一つ進言をお許しいただきたく」

「かまわぬ」

提案をしたいと言った山崎伊織に、聡四郎は首肯した。

「伊賀の郷忍をお雇いくだされ」

「なっ……」

「馬鹿な……」

聞いた聡四郎と大宮玄馬が絶句した。

「なにを言い出すのか、山崎」

聡四郎が詰問《きつもん》した。伊賀の郷忍とは敵対している。その敵を雇えとの進言に、聡四郎は山崎伊織の正気を疑った。

「気が触れたわけではございませぬ」

しっかりとした口調で山崎伊織が続けた。

「伊賀は古来より国を出て雇われることで生きて参りました」

「知っておる。伊賀は耕作地が少なく、やっていけるだけの稔りがないからであろう」

「はい」

山崎伊織がうなずいた。

「乱世、伊賀はあちこちの大名に雇われて働きましてござる。ときには敵対する大名両方に雇われることもございました。そして……」

一拍の間を山崎伊織が置いた。

「雇われる期間が終わった翌日に、別の大名へ走ることもございました。そう、織田と手切れをした翌日、石山本願寺《いしやまほんがんじ》へ仕えるように」

「そのような節操《せっそう》のないまねを……忍はやはり」

大宮玄馬があきれた。

「玄馬。生きていかねばならぬのだ。それを裏切りだというならば、どれほどの大名家が誹《そし》られねばならぬ。外様のほとんどは世間を歩けぬようになるぞ。豊臣によって引きあげられておきながら、関ヶ原で、大坂の陣で敵になったではないか」

伊賀者全体を貶《おとし》めるような発言を聡四郎はたしなめた。

「……申しわけございませぬ」

大宮玄馬が山崎伊織へ頭を下げた。

「気にしておらぬ」

山崎伊織が謝罪を受けた。

「おぬしの言いたいことはわかった」

聡四郎は軽く手をあげ、二人を制した。

「伊賀の忍は恨みがある相手でも、雇われている間は護《まも》るというのだな」

「さようでございまする」

山崎伊織が首を縦に振った。

「恨みより生きていく道を選ぶか」

小さく聡四郎が唸《うな》った。

「恨みでは喰えませせぬ」

辛そうに山崎伊織が応じた。

「だが、あきらめはせぬのだろう」

「……はい。恨みは晴らすまで残りまする」

「それでは意味がないではございませぬか」

確認した聡四郎へ答えた山崎伊織に大宮玄馬が憤った。

「いや、無意味ではない」

聡四郎が大宮玄馬へ目を移した。

「殿……」

「期間限定でもかまわぬ。こちらは旅の空で援軍を望めない。江戸へ入れば、少なくとも御広敷伊賀者の手助けは得られる。なにより、我らは上様より命を受けて京洛まで行き、名古屋を経て江戸へ戻らねばならぬ。かならず帰り着き、上様へご報告を申しあげねばならぬのだ」

「…………」

大宮玄馬が黙った。

「途中で寝返るようなことはないな」

「ございませぬ。雇われている間に裏切れば、二度と伊賀の郷に仕事は参りませぬ。

恨みを晴らすために一族の未来を捨てるようなまねはできませぬ」

大丈夫だと山崎伊織が保証した。

「ただし、雇用が終わった瞬間、敵に戻りまする。そのあたりを認識しておかなければなりませぬ」

山崎伊織が念を入れた。

「どのくらいの金が要る」

値段を聡四郎は問うた。

「期間と目的によって差はありましょうが……十日ほどの警固《けいご》であれば、一人十両も出せばすみましょう」

「十両か、それほどの余裕はないぞ」

五百五十石取りの旗本である水城家の収入は、おおよそ一年で二百二十両ほどである。ここから大宮玄馬他の家士や小者《こもの》、女中たちの給金を支払えば、残るのは百三十両ほどである。それで五百五十石の旗本として体面を保ちつつ、生活をしなければならない。幸い、水城家は代々勘定方《かんじようかた》に就任する筋であり、余得が多いというほどではないがあったおかげで、借財はない。それでも十両を旅先で右から左へ出せるほどの余裕はなかった。

「これも決まりでございますが、依頼は最初に半金、仕事終わりで残りとなっておりまする」

「五両か、それくらいならばなんとかなるな」

聡四郎はほっとした。

公用旅である。本陣や脇本陣での費用は、幕府が持ってくれる。伝馬で使う人足や馬の代金も同様である。聡四郎が払うのは、今回のような密命にかかわる費用と、土産代や心付けなどの個人負担すべき金だけであった。

とはいえ、五百五十石の当主が金を持たずに旅をするわけにはいかない。なにかあったときに手持ちが足りないなど恥でしかないからだ。

「一人では困りましょう。前後を護らせなければなりませぬ。でなくば、恨みを持った郷忍に襲われまする」

「仲間がいても襲うか」

「はい。仲間のいない側から襲えば、なんの問題もございませぬ」

「むうう」

言われた聡四郎は唸った。

「十両か……」

聡四郎は大宮玄馬を見た。

旗本は金を持ち歩かない。武士は金を汚いもの、卑しいものとして遠ざける習性があった。

買いものをするときは、屋敷まで出入りの商人を呼ぶか、あるいは従者に紙入れを持たせて出向くかするのが決まりであった。

「お預かりしている黄白《こうはく》で賄《まかな》えないことはございませんが、予備まで遣いきることになりまする」

大宮玄馬が告げた。

「…………」

聡四郎は思案した。

旅で金が足りなくなるのは、戦で兵糧《ひょうろう》が尽きるのにひとしい。

「……玄馬。十両を」

「はい」

主君の決断を大宮玄馬は受け入れた。

「……お預かりいたしまする」

出された小判十枚を山崎伊織が受け取った。

「早速に」

小判を腹巻きのなかへ仕舞った山崎伊織が、立ちあがった。

「任せた」

伊賀の郷へ行くという山崎伊織を聡四郎は見送った。

三

「よろしかったのでございましょうや」

一度納得した大宮玄馬が問うてきた。

「最善手とはいえまいが……せぬよりはましだろう」

聡四郎は述べた。

「それよりも、明日以降が問題だ」

「問題と仰せられますと……」

大宮玄馬が訊いた。

「敵地になるからだ、名古屋が」

少しだけ聡四郎は声を苦くした。

「名古屋が敵……」

「ああ。上様が単に調べてこいと命じられるはずはない。なにかしらの結論を上様はお持ちのはず。我らはそれを裏付けるために派遣された」

「……」

黙って大宮玄馬が聞いた。

「我らの調べ次第で、尾張の運命が決まる」

「尾張の運命が決まる」

大宮玄馬が繰り返した。

「潰されることはないだろう。上様は紀州の出だ。紀州から出た上様が、尾張を潰せば、どのように言われるか」

今でこそ将軍と御三家筆頭だが、少し前までは格が逆だったのだ。もし、吉宗が尾張を潰せば、成り上がりの暴挙と世間から非難されかねなかった。

「潰しはなさるまいが、なにもなくそのままというわけにはいくまい」

聡四郎は断定していた。

「……」

家士には口にしにくい話題である。大宮玄馬が沈黙した。

「上様は公明正大であり英邁《えいまい》であらせられるが、恐ろしいお方である」

聡四郎は重い口調になった。

「罪のない者を恣意《しい》で罰せられることはなさらぬ。だが、一門、近臣であろうとも罪を見逃してはくださらぬ」

「それを尾張さまに……」

「………」

今度は聡四郎が口を閉じた。

「過ぎたまねをいたしました」

主君を詰まらせたことに大宮玄馬が詫びた。

「明日も朝から動かねばならぬ。疲れを残してはよろしからず。休もう」

聡四郎が話を打ち切った。


旅籠にせよ、木賃宿にせよ、他国者を泊めるところは、町奉行所と密接なかかわりを持っていた。無宿者《むしゅくもの》、手配者などが泊まり客に紛れ込んでいては大事になりかねない。

「旗本が菩提寺へお参りを」

伏見屋からの報せに町奉行所与力《よりき》が首をかしげた。

「そのように言われておりました」

番頭が与力にまちがいないと言った。

「旗本といえば、我ら御三家を格下に見て、横柄《おうへい》な態度をとる者ばかりのはずだが……」

与力が腕を組んだ。

「偽者ではあるまいな」

「そのようには見えませんでしたが……」

確認する与力に、番頭が告げた。

「わかった。出立《しゅったつ》するまで、よく注意をしておけ。ご苦労であった」

指示を出して、与力は番頭を帰した。

「お奉行の耳には入れておくべきか」

与力が立ちあがった。

「……まさかと思うが」

聞かされた町奉行が不安げな顔をした。

「お奉行……」

「今の上様は、紀州の出。尾張には思うところもお有りだろう」

「吉通《よしみち》さまのことでございまするか」

すぐに与力が返した。

「幻の七代将軍……」

町奉行も感慨深げな顔をした。

御三家尾張徳川四代当主吉通は、三代当主綱誠《つななり》の十男であった。四歳になる前に、兄たちが全員早世《そうせい》するという不幸を受けて嫡男《ちゃくなん》となった。十一歳のおり、綱誠の急死を受けて襲封《しゅうほう》したのち、内政に邁進《まいしん》、尾張家の財政を立て直すなど英邁として知られていた。

この吉通に将軍の目が出たのは、正徳《しょうとく》二（一七一二）年、二十四歳のときである。六代将軍家宣が死の床に就いた。五代将軍綱吉の失政を補い、ようやく幕府の立て直しに取りかかれるといったところで重病になった家宣は、己亡き後の天下を憂えた。

「この危急《ききゅう》のおりに、将軍が幼きはよろしからず」

家宣は嫡子家継《いえつぐ》がまだ四歳と幼いことを危惧《きぐ》した。

「吾が子に跡を継がせたく思うのが親なれど、将軍は常に流されてはならじ。この国難に立ち向かえる人物こそ、七代の座にふさわしい。ついては尾張の吉通を世継ぎとしたい」

「それはなりませぬ」

家宣の願いを新井白石《あらいはくせき》はにべもなく却下した。

「将軍は血筋をもって受け継がれねばなりませぬ。筋目《すじめ》を違えては、五代将軍の二の舞となりかねませぬ」

「……………」

新井白石の否定を家宣は排せられなかった。

家宣が経験してきたことを新井白石は口にしていた。

四代将軍家綱《いえつな》が死んだとき、世継ぎと目されたのは家綱の末弟で館林《たてばやし》藩主の綱吉と、家綱の甥《おい》になる甲府《こうふ》藩主綱豊《つなとよ》であった。

大老酒井雅楽頭忠清《さかいうたのかみただきよ》による宮将軍《みやしょうぐん》擁立騒動などもあったが、やはり家康の血筋でなければならずとして、綱吉に白羽《しらは》の矢が立った。

「長幼の序に従わず」

綱吉の就任に、反対の声もあった。

というのは、綱吉は綱豊の父綱重《つなしげ》の弟でもあったからである。神君《しんくん》徳川家康によって、将軍の地位は長幼の序に従うと決められている。つまり、綱吉は綱重よりも格下になった。ただ、綱重が家綱よりも先に死んでいたのだ。

「甲府綱豊さまは確かに館林綱吉さまより長幼の序でいけば、兄の血筋で上になりまするが、家康さまから数えたとき一代遠くなりまする」

血が薄くなるという理由をもって、ときの老中堀田備中守正俊《ほったびっちゆうのかみまさとし》は綱吉を五代将軍にすえた。

「ただしき筋を護らなかったため、仁《じん》ある政《まつりごと》がなされず、天下万民は塗炭《とたん》の苦しみを味わいましてございまする」

正統をないがしろにし、本来将軍になるべきではない綱吉が天下を継いだため、生類憐れみの令などという悪法が生まれたと新井白石は述べた。

「…………」

生類憐れみの令を廃し、その被害を回復するだけで力尽きた家宣に反論はできなかった。

「どうぞ、ご懸念なく。我ら一同、かならずや家継さまを守《も》り立ててみせますほどに」

自信ありげに新井白石が胸を張った。

「任せる」

家宣が折れた。

こうして、七代将軍就任が幻となった吉通は、その翌年二十五歳の若さで急逝《きゅうせい》した。

「当時、紀州藩主だった吉宗公のお名前は一切出なかったという」

町奉行が小さく息を吐いた。

「そのときのことを……」

「わからぬ」

おずおずと訊いた与力に、町奉行は首を横に振った。

「儂《わし》では判断できぬ。ご家老《かろう》さまにお預けするしかなかろう」

町奉行は、話を筆頭附家老《つけがろう》の成瀬《なるせ》隼人正《はやとのしょう》正幸《まさゆき》のもとへと持っていった。

「……旗本がわざわざ名古屋に来て、菩提寺へ行くか」

聞いた成瀬隼人正が悩んだ。

尾張藩附家老の成瀬家は、徳川家康の家臣として早くから頭角を現していた。豊臣秀吉《ひでよし》と天下の覇権を争った小牧長久手《こまきながくて》の合戦でも手柄を立て、関ヶ原の合戦の後は三万四千石を与えられた。その後、家康の九男義直の附家老として犬山《いぬやま》城を預けられた。

「末代まで粗略《そりゃく》に扱わぬ」

家康からそう約束されて、尾張藩の附家老となった成瀬家ではあるが、その格は譜代《ふだい》大名ではなく、一段低いものとして扱われていた。

「わかった。そなたは下がってよい」

「はっ」

手を振られて町奉行は帰っていった。

「甚五《じんご》をこれへ」

成瀬隼人正が用人を呼んだ。

「なにか」

用人が廊下で手をついた。

「じつはの……」

成瀬隼人正が語った。

「儂としては、いささか気になるのだ」

「殿が危惧なされているのは……」

用人の甚五が途中で言葉を濁した。

「そうだ。吉通さまのことじゃ」

用人の推測を成瀬隼人正が認めた。

「なんのために、過去を掘り返すとお考えでございましょう」

「……尾張を潰すため」

成瀬隼人正が用人甚五の疑問に答えた。

「なにを仰せられまするか。尾張はご一門でございまする」

「だからじゃ。今まではよかった。御三家は格別の家柄だというだけであったからな。しかし、その御三家から将軍が出てしまった。わかるか。紀州が将軍を出した。ならば、尾張も水戸《みと》も出して不思議ではない。そう、今まで御三家は将軍継嗣《けいし》にかかわってこなかった。だから、放置されてきたのだ。それが崩れた。ご自身がその前例になられたわけだからの」

「しかし、上様にはご嫡子がおられたはず」

「長福丸《ちょうふくまる》さまか。あのお方はいかぬ」

成瀬隼人正があっさりと否定した。

「上様にお目通りをいただいたあと、西の丸へ移動して長福丸さまにもお目通りを願ったのだがな……」

一度成瀬隼人正が言葉を切った。

「女どもに囲まれ、まともにこちらを見もせぬ。どころか、女の身体に触れたがって、じっとさえなさらぬ。あれではとても良き将軍にはなれまい」

「それは……」

甚五が絶句した。

「嫡男が跡継ぎたり得ぬ。六代さまのおりと同じであろう。そして今回は新井白石がおらぬ。となれば、次の将軍を尾張からという話が、執政衆から出ても……の。老中がたにしてみれば、政を取りあげる将軍も、逆にまったく興味を持たない将軍もかなわぬであろう」

「……………」

用人甚五が黙った。

「建中寺への立ち入りを禁じましょうや」

「理由付けをどうする。それこそ、隠したいことがあるのだろうと逆にやられかねぬぞ。上様とは、そういうお方じゃ」

成瀬隼人正が悪手《あくしゅ》だと言った。

御三家の附家老は、譜代大名としての扱いを奪われる代わりに、参勤交代やその他の賦役《ふえき》を免除される。そのぶんを補佐すべき御三家の維持に働かなければならなかった。

徳川家康には将軍を継いだ秀忠《ひでただ》、御三家を創設した義直、頼宣《よりのぶ》、頼房《よりふさ》の他にも男子はいた。天下人の息子である。誰もが数十万石の大領と優秀な譜代大名を附家老として与えられていた。しかし、その息子たちの藩は残っていなかった。家康の次男秀康《ひでやす》の家系は越前藩や津山《つやま》藩、高田《たかだ》藩などとして続いているが、秀康は関ヶ原の合戦のときすでに独立した大名であった。

それ以外の息子たちの藩は、一代で潰れていた。怪我による死、謀叛《かいえき》による流罪《るざい》など理由は色々あるが、どれにも共通しているのは、附家老の家も改易になっているのだ。

そう、附家老は支えるべき主家《しゅけ》と生死をともにする運命であった。

「将軍が代わるたびに、その政を予測し、主家に傷が付かぬようにする。これが附家老じゃ。とくに今回は、同じ御三家から出た将軍である。今までのような対応ですむとは思えぬ」

成瀬隼人正が目を閉じた。

「では、いかがいたしましょうや」

「まずは見張れ。本当に参拝だけならば、藪《やぶ》をつついて蛇《へび》となりかねぬ」

指図を求めた用人甚五に言った。

「見張るだけでよろしいのでしょうか」

「ああ。その結果次第でどうするかを決める」

念を押した用人甚五に、成瀬隼人正が首を縦に振った。

四

藤川義右衛門は聡四郎たちを見失っていた。

すでに御広敷伊賀者のなかから連れだした配下たちは全滅した。代わって京の顔役木屋町《きやまち》の利助《りすけ》の娘婿となり、闇を取り仕切る力を手に入れたとはいえ、とても忍に比《ひ》すほどの能力はなかった。

「江戸へ向かっているのはまちがいおまへんねやろ。ほな、あわてんでも、江戸で会えまっしゃろ」

身形《みなり》は貧相な茶屋の主にしか見えない利助がなにも知らないと手を振った。

一度、江戸へ行くとして利助のもとを離れた藤川義右衛門だったが、聡四郎たちの動静を闇の力で知れないかとして戻って来ていた。

「甘いわ。もし、水城が伊賀へ入り、郷忍を味方に付けたら、おまえたち闇の者の勝ち目はなくなるぞ」

「今どきの忍が遣いものになりますかいな」

利助が笑った。

「儂も伊賀の忍だぞ。伊賀の郷には、儂ほどの者ならば十人はいる」

「……それはまずい」

ようやく利助が理解した。

「今から人を出しても……」

「間に合うまい」

藤川義右衛門が首を横に振った。

「まずうおすな。これで江戸進出の夢が狂いますわ」

利助が爪を嚙んだ。

「………」

それに藤川義右衛門は応じなかった。

「関係ないちゅう顔してはりますが、そうやおまへんやろ。江戸の闇を支配するのは、あんたはんでっせ。吾が娘の婿となって」

「で、おまえはどうするのだ。今まで通り京の闇を取り仕切るのか」

「ご冗談を」

利助が笑った。

「わたくしはこの国すべての闇を手にしますねん」

「大きく出たな」

「上を見るのは男の仕事ですやろ」

「たしかにな」

藤川義右衛門が納得した。

「ところで、今まで聞いてまへんが、なんであんなに執心しはりまんねん。たかが旗本一人に」

「……たかがか」

くっと藤川義右衛門が唇を嚙んだ。

「教えていなかったな。ここまでくれば一蓮托生《いちれんたくしよう》の仲だ。話してやろう」

藤川義右衛門が聡四郎とのいきさつを語った。

「……こら、早まったかいな」

利助が嘆息した。

「ちゃんと下調べもせんと、思い込みでことを起こすなんぞ、下《した》っ端《ぱ》のすることや」

「ふん。儂から娘をくれと言った覚えはないわ」

互いが相手に文句を付けた。

「まあ、そんな馬鹿をしてくれたおかげで、わたくしはええ婿を見つけましたんやが……」

「ふん」

二人が顔を見合わせた。

「ほな、三人ほどあんたはんの先触《さきぶ》れとして江戸へ下らせましょ」

「儂は伊賀の郷へ行く」

それぞれのすることを口にした。

「大丈夫でっか。伊賀の郷が敵に回っているやも知れまへんのに」

利助が危惧した。

「雇われた郷忍は、伊賀を出ているはずだ。さすがにこいつらと顔を合わすのはまずいが、それ以外ならば問題ない。伊賀の忍は恨みを忘れぬ。郷忍が、郷をあげて用人に与することはありえぬ」

「仲間《くみ》を殺された恨みですか。それはまたずいぶんと古い」

利助があきれた。

「田舎に籠《こ》もっていると、先祖代々のしきたりがなによりも大切になる。それがまるで己たちの価値を示すかのように勘違いするのだ」

「そういうもんなんですかねえ。まあ、掟がない連中は役立たずですが、あまりに古すぎるのは、世間からずれますよってなあ」

説明した藤川義右衛門に、利助がなんともいえない顔をした。

「そのおかげで、郷ごと敵に回ることがないのだ。ありがたいと思わねばな」

そう言って、藤川義右衛門が立ちあがった。

「お待ちを」

利助が藤川義右衛門を止めた。

「これをお持ちやす」

懐から利助が金包みを二つ取り出した。

「……五十両も要らぬぞ。なにより吾《われ》は百八十両、そなたからもらっている」

聡四郎の襲撃を失敗した詫びだとして藤川義右衛門は利助から違約金を受け取っ

ていた。

「あれはあんたはんのものですがな。大事にしときなはれ。男は女の知らない金を持ってないとあきまへんよってな。とはいえ、使うときはけちらんと派手にせんと、女から愛想《あいそ》を尽かされまっせ」

「余計なお世話だ」

忠告に藤川義右衛門が鼻を鳴らした。

「ならば遠慮なくもらうが、これほど要らんぞ。用人を襲わせるていどなら三十両もあれば十分だ」

藤川義右衛門が金包みを一つ返そうとした。

「引き抜きの金として遣《つこ》うておくれやす」

「……引き抜きだと」

「そうでおます。いや、聞けば聞くほど忍というのは、闇に似合ってまっせ。気づかれずに毒を飼う、あるいは手裏剣で仕留める。まさに闇に生きるために生まれてきたようなもんですがな」

利助が下卑た笑いを浮かべた。

「忍をおまえの手先に使うつもりか」

「いけまへんか。こっちは腕利きを手に入れて、ええ仕事ができける。伊賀は金をもらえて生活が楽になる。どっちにとってもええ話でっせ」

「ふん。闇の元締めが配下の生活を心配するはずなかろう」

藤川義右衛門があきれた。

「そんなことはおまへんで。配下はしっかりとしてもらわな、こっちにも影響が出まっさかいな」

利助がぬけぬけと言った。

「かならずとは言えぬが、できるだけ誘ってはみる」

うまく話がまとまるとは限らないと藤川義右衛門が釘を刺した。

「そこをなんとか話にしておくれやす。腕のいい者はなんぼでも要りますねん。いや、どれだけ腕利きを抱えているかで、勢いは決まりますよってな。京を仕切る他の親方衆に引導《いんどう》を渡すにも……ほな、お行きやす」

話は終わった。さっさと行けと利助が、藤川義右衛門を急《せ》かした。

伊賀の郷は、近江《おうみ》の隣にある。東海道を少し南に入った甲賀《こうが》から一つ山をこえた狭い土地が伊賀で、藤堂《とうどう》家の領土であった。

京まで一日で行ける近さでありながら、山越えをしなければならないという不便さが、独特の価値を伊賀に持たせた。

武家が天下を握る前、天皇家こそ天下の主であったとき、伊賀は政争に負けた者たちの逃げ場所であった。それも再起をかけた想いを持つ者が雌伏《しふく》するところで、逃げ延びて世から隠れ住む吉野《よしの》や高野《こうや》とは、違っていた。

そういった背景もあり、伊賀は郷士《ごうし》が多かった。だが、郷士では喰えないほど、伊賀国は貧しかった。大和《やまと》、紀伊《きい》、近江、伊勢《いせ》の四国に囲まれ、交通の要所として発達しても不思議ではない位置にありながら、伊賀は裕福にはなれなかった。どこの国へ抜けるにも、峻険《しゅんけん》な山を越えなければならず、通商に向かない。と同時に山ばかりの土地では、米さえまともに栽培できなかった。

峻険な山、狭い耕作地、伊賀の者たちは、喰うために出稼ぎをした。それが忍を生み出した。

政争というのは、昨日の勝者が敗者になり、逃げた者が明日天下を取る。それに翻弄《ほんろう》された伊賀は、一人に肩入れして、ともに沈むことをよしとはしなくなっていった。沈めば、郷が飢えるのだ。結果、伊賀は金で雇われるという形をとるようになった。

「なにしに来た」

伊賀の郷に入った山崎伊織を郷忍が取り囲んだ。

「その声は、松葉《まつば》か」

山崎伊織が黒覆面で顔を隠している正面の忍に話しかけた。

「修行のやりなおしか。それとも伊賀の郷に仇《あだ》なしに来たか」

松葉と呼ばれた郷忍が、感情のこもらない声で訊いた。

本能寺《ほんのうじ》の変で危難に陥った徳川家康を救ったのが伊賀者であった。のち、その恩に報いるとして家康は伊賀者を江戸へ誘った。そのとき家康についていった伊賀者の子孫が幕府伊賀者で、残った者の末裔《まつえい》が郷忍であった。

もとは同族であったこともあり、幕府伊賀者には家督《かとく》を継ぐ前に郷へ入り、修練を積む者が多かった。山崎伊織もその一人として、数年前、郷で一年の修行をしていた。

「仕事の依頼じゃ」

「江戸の伊賀者が、郷忍に仕事。また、我らを使い潰すつもりか」

松葉の雰囲気が剣呑《けんのん》なものになった。

聡四郎と伊賀の郷忍の確執は、藤川義右衛門が両者をぶつけたことによる。藤川義右衛門から、聡四郎と大宮玄馬を討つように頼まれた郷忍は、伏見稲荷《いなり》で主従を襲い、返り討ちにあった。伊賀者を殺した者は郷の手で復讐するとの掟に従い、郷忍は何度か聡四郎たちを狙ったが、負け続けていた。

「あれは御広敷伊賀者を解任された藤川が、勝手におこなったもの。我らとはかかわりがない」

山崎伊織が否定した。

「なんだと。御広敷伊賀者組頭からの正式な依頼であったはずじゃ」

「でなかったからこそ、藤川は咎人《とがにん》となり、幕府からも追われている。それくらいは知っているだろう」

反論した松葉に、山崎伊織が事実を告げた。

「…………」

松葉が黙った。

「仕事の話をしてよいか」

山崎伊織が許可を求めた。

「……言え」

しばしためらった松葉だったが、ゆっくりと首肯した。

「警固として二人雇いたい。これは前金だ」

山崎伊織が金を出した。

「十両か。相場だな」

松葉が金をあらためた。

「で、誰を警固する」

「御広敷用人の水城さまを江戸まで護ってもらいたい」

「なにっ……水城だと」

松葉が驚愕《きようがく》した。

「郷の仇《かたき》を護れというか」

他の郷忍も動揺した。

「仕事に私情を持ちこまぬのが郷忍であろう」

山崎伊織が落ち着いた声で述べた。

「なにをいうか。何人もの同胞を殺《あや》めた者を……」

「郷も落ちたの」

大きく山崎伊織が嘆息した。

「刃《やいば》の下に心を置く。忍という字は、そう書く。そしてこれこそ忍の心得であろう。私情を殺し、任に命をかける。これが伊賀忍者の誇りだったと思ったが……」

「きさまっ」

一人の郷忍が、あきれる山崎伊織に激した。

「落ち着け、谷助《やすけ》」

松葉がたしなめた。

「受けぬのならば、金を返せ。話を他に持ちこむ。甲賀も近い」

山崎伊織が手を出した。

「一つ訊く。孝《こう》や袖などの女忍《おんなしのび》はどうした」

「死した者もおれば、生きている者もいる」

「そうか。生きている者もおるか」

小さく松葉が息を吐いた。

「知らなかったのか。江戸に郷長《さとおさ》が出ているのだろう」

「最近、まったく連絡《つなぎ》が取れぬのだ」

「郷長が死んだという話は聞かぬぞ。ひょっとすると……」

「馬鹿を言うな。郷長が我らを捨てるなど……」

困惑する松葉に、山崎伊織が言った。

「どうする。ときがない。断るならば、他所へ行く」

「……松葉、受けるな。仇を護るなど……」

谷助が大声を出した。

「では、どうするのだ。金はもう尽きる」

松葉が谷助を見た。

「出稼ぎに出られる忍が倒れ、残った者のほとんどを郷長が江戸へ連れて行ってしまった。そして江戸からの仕送りもない。このままでは、冬を越せず死ぬ者が出よう」

「それは……」

谷助が詰まった。

「生きていかねばならぬ」

「しかし、敵じゃぞ。水城は」

まだ谷助が抵抗した。

「いいか」

山崎伊織が口を挟んだ。

「なんだ」

松葉が発言を促した。

「仕事は江戸までの警固だ。それを踏まえてくれ」

「……なるほどな」

山崎伊織の言葉に、松葉が首肯した。

「江戸に入れば、勝手にしてよいのだな」

「水城さまが屋敷に入ったところで終わる」

念を押した松葉に、山崎伊織が首肯した。

「わかった。引き受けよう」

「松葉、きさま」

おさまらない谷助が憤慨した。

「抑えろ谷助。よく条件を考えろ」

松葉が厳しい顔をした。

「みっともないところを見せた。引き受けよう。拙者と……そうだな、鬼次郎《きじろう》が出る」

「けっこうだ。では、金はそれでいいな」

「たしかに。おい、金を郷へ」

十両すべてを松葉は残した。

依頼の間の費用は、雇う側が持つ決まりであった。

「では、お供しよう」

「ついてこい」

同行するという松葉にうなずいて、山崎伊織が駆けだした。

第二章　席次の重さ

一

正月は格別な行事であった。

庶民たちは仕事を休み、きままに一日を過ごす。年始の挨拶も二日からが決まりで、元日は静かなものであった。

しかし、将軍はそうではなかった。

将軍は天下の象徴である。極端な話ではあるが、無事に年明けを迎えられたのは将軍の威光が四海に行き渡っているからと考えられている。そのため、元旦から姿を見せ、祝賀の挨拶を受けなければならなかった。

「……面倒な」

あと一月ほどに迫った正月の予定を聞かされた八代将軍吉宗が御側御用取次《おそばごようとりつぎ》の加《か》納近江守久通《のうおうみのかみひさみち》にぼやいた。

「ご辛抱なされませ。これも将軍のお仕事でございまする」

加納近江守が、吉宗を宥《なだ》めた。

「無駄な行事に拘束されるために、将軍となったわけではないわ」

吉宗がぼやいた。

「半日近く潰されるのだぞ。それだけあれば、どれほど政を進められるか」

大きく吉宗が嘆息した。

「それはそうでございますが……」

加納近江守も同意した。

御側御用取次は将軍の側近中の側近である。目通りの可否から、政の手伝いまでをおこなう。人使いの荒い吉宗のもとで、聡四郎以上に苦労している加納近江守であった。

「ですが、代々続いてきた慣例を無視するのはよろしくございませぬ。政を改革するだけで、大勢の反発を買いまする。これ以上の軋轢《あつれき》はお避けになったほうが……」

「周りの反発を招くなというのだろう。小役人と大奥の女どもは役に立たぬくせに、足を引っ張るのだけはうまいからの」

吉宗はあきれた。

「おわかりでございましたら」

加納近江守が仕事をしてくれと紙を出した。

「…………」

じっと吉宗がなにも書かれていない紙を見つめた。

「好きにしてよいのだな」

吉宗が加納近江守の顔を見た。

「上様のお心のままにと申しあげたきところではございますが……あまり過激なまねはお控えいただきますよう」

加納近江守が無茶はしてくれるなと願った。

「無茶……たとえば、竹を筆頭にするとか」

「上様」

口にした吉宗に、加納近江守が厳しい声を出した。

「わかっておるわ。躬《み》に恨みが来るならば、それを利用して大奥に反撃をくれてやるのだがな。女どものことだ。躬ではなく、竹に嫌がらせをするであろう」

吉宗がわかっていると答えた。

「今回の筆頭は月光院でよいな」

「天英院さまが、ご辛抱下さいましょうか」

加納近江守が危惧を示した。

月光院は六代将軍家宣の側室で七代将軍家継の生母である。対して天英院は六代将軍家宣の正室であった。

将軍生母と将軍正室、どちらも大奥で重きをおかれていた。

大奥の主人は将軍の正室である。

六代将軍家宣が存命中は、いかに七代将軍となる家継を産んだとはいえ、月光院は側室でしかなく、その後ろに控えていなければならなかった。

しかし、将軍が死んでしまえば、正室ではなくなる。七代将軍家継の将軍就任とともに、天英院は前正室となり、大奥の主人たる資格を失った。

だが、七代将軍生母の月光院にも大奥の主人たる資格はない。そして家継は正室を迎える前に夭折《ようせつ》してしまった。さらに家継の跡を継いだ吉宗も正室を亡くしている。

そう、大奥は主人を失ったのだ。

これが一層事態をややこしくしていた。

かつて将軍正室であったという経歴をもって、天英院は大奥の主人と言い張り、月光院は将軍生母という権威で、大奥を把握しようとしていた。

女と女の戦いが大奥で起こった。そこへ、吉宗がさらなる火種を放りこんだ。

竹姫に一目惚れしてしまったのだ。

吉宗には正室がいない。竹姫を継室《けいしつ》としても問題はなかった。

将軍の正室は五摂家《せっけ》あるいは宮家から迎えるという慣例はある。しかし、そのようなものはどうにでもできた。

竹姫は清閑寺権大納言《ごんのだいなごん》の姫である。五摂家より格は落ちるが、公家の姫である。いざとなれば五摂家の養女にしてしまえば、問題はなくなる。そのための根回しに、吉宗は腹心の一人である御広敷用人水城聡四郎を京へやった。

もちろん、その経緯《いきさつ》は大奥にも知られている。女に隠し事はできない。なにか普段と違うことがあれば、すぐに気づくのが女である。竹姫付きの用人である聡四郎が、出務してこなくなったなどとっくに知れている。知れば、そこからなんのために出てこなくなったかを推察するのは容易である。

今、大奥は三つどもえの権力抗争のまっただなかであった。

「七代将軍家継さまの御世、大奥では生母月光院が筆頭であった。当然じゃな。妻がおらぬ間は母が男にとってもっとも大事な女だ」

吉宗が述べた。

事実であった。七代将軍家継が存命の間は、大奥筆頭として月光院が置かれていた。

「それに天英院は、躬の将軍就任を拒んだ」

吉宗が憎々しげな顔をした。

わずか八歳で死んだ七代将軍家継に子供はない。当然八代将軍を誰にするかという問題が起こった。そのとき月光院は紀州藩主吉宗を、天英院は亡夫家宣の弟館林藩主松平右近将監清武《うこんしようげんきよたけ》を推した。結果、吉宗が八代将軍となった。当たり前の話だが、吉宗も敵対した天英院を冷遇している。かといって無駄遣いの巣窟《そうくつ》ともいえる大奥、倹約を旨《むね》とする吉宗は月光院を優遇こそしてはいないが、冷遇に比べるとましであった。

「たしかに」

加納近江守が納得した。

「一位は月光院、次は……」

「天英院さまでございますぞ」

念のためと加納近江守が釘を刺した。

「あやつを二位にせねばならぬのなら、お末《すえ》の下働きに目通りを許すほうがましだ」

吉宗が苦々しい顔をした。

先日、天英院は五菜という下働きに命じて竹姫を襲わせようとした。聡四郎の手配で竹姫付きの女中として入りこんでいた伊賀の女忍によって防がれた。とはいえ、惚れた女を汚されそうになったのだ。男として許せるはずはなかった。

「上様」

「ふん」

諫《いさ》めようとした加納近江守に吉宗は鼻を鳴らした。

「我慢してやる。正月だけのことだからの」

吉宗が怒りを呑みこんだ。

「第三位は譲らぬぞ」

「はい。そこまで無理を申しませぬ」

加納近江守が認めた。

一月一日、その日表《おもて》で御三家、御三卿からの祝賀を受ける将軍は、その前に大奥へ入り、先祖の仏間で新年最初の拝礼をおこなう。

そのとき、仏間に大奥の高級女中たちが吉宗の後ろに並んで頭を下げる。問題は席次であった。

将軍とその正室の先祖を大奥の仏間には祀《まつ》っている。正室がいるときは、吉宗と正室は同列に並ぶ。しかし、吉宗に正室はいない。吉宗は一人先頭に座ることになる。結果、その後ろに座る者が、大奥筆頭となった。

その席次表を吉宗が作成した。

「表より、元日拝礼の通達でござる」

大奥上臈姉小路《あねこうじ》との会談のため、加納近江守が大奥御広敷座敷へと赴《おもむ》いた。

本来表と奥との連絡は、側用人《そばようにん》の役目である。しかし、吉宗が将軍となってから、ずっと加納近江守が代理を務めていた。

これはまだ側用人全てに腹心を配していないという理由からであった。もし、側用人が大奥と結託して、吉宗の命をゆがめてしまっては大事になる。いかに将軍とはいえ、一度決まったことをひっくり返すのは難しい。なにせ側用人といえども、吉宗の代理には違いないのだ。その代理に裏切られたとあっては、吉宗の将軍としての資質を疑われかねない。

腹心の数が足りない。これが吉宗の弱点であった。

御側御用取次は、吉宗が老中たちに奪われた将軍の権威を取り戻すべく新設した。将軍に目通りを願う者はすべて御側御用取次の許可を得なければならないとなっていた。

将軍より先に老中に会う権を与えられた側用人が、やがて大きな力を持つようになるのは自然の流れであり、自らの意思を表現できないほど幼かった七代将軍家継の御世などは、それこそ老中をしのぐほどの勢いを誇った。

将軍親政をしようと考えている吉宗にとって、政に口をはさむ側用人など百害あって一利なしであった。

吉宗はその力を削《そ》ぐために家継の時代からいる側用人ではなく、紀州以来の寵《ちょう》臣《しん》加納近江守を新設された御側御用取次に任じ重用していた。

「承る」

姉小路が大奥を代表して、加納近江守と面談していた。

「……これは」

渡された書付《かきつけ》を読んだ姉小路の顔色が変わった。

「天英院さまが次席とは、なにごとであるか」

姉小路が憤った。

「紀州ごとき鄙《ひな》の地の出では知らなくとも無理はないだろうが、天英院さまは五摂家筆頭の近衛《このえ》家の姫である。尊き血を受け継がれてもいる。そのお方と、どこの生まれかもわからぬ月光院ごときを同列に考えるだけでも無礼千万であるが、席次を逆にするなど、あまりである。今ならば許す。ただちに訂正をいたせ」

姉小路が傲慢な態度で命じた。

「五摂家の姫さま……上様がご存じないとでも」

加納近江守が低い声を出した。

「な、なんだ」

姉小路が驚いた。

「天英院さまのご身分についてでござる」

「……………」

じっと見つめてくる加納近江守に、姉小路がたじろいだ。

「たしか天英院さまがまだ甲府藩主だった家宣さまに嫁がれるとき、五摂家から徳川の一門とはいえ、一藩主でしかない武家への輿入《こしい》れを嫌った近衛基凞《もとひろ》卿は平松《ひらまつ》権中納言《ごんのちゅうなごん》家へご養女に出され、格式を五摂家から落とした。違いますかな」

「なぜそれを……」

姉小路が顔色を変えた。

「四代将軍家綱の甥であった家宣さまの御簾中《ごれんじゅう》とするに、わざわざ五摂家から籍を抜く。これは将軍家への侮辱。知られればただではすまぬ。ゆえに必死にお隠しであったようだが……それくらいのこと調べるなど容易。京の公家の何人かに金を摑《つか》ませただけで、あっさりと喋《しゃべ》ってくれましたぞ」

加納近江守が口の端をゆがめた。

「愚かなまねを……」

聞かされた姉小路が罵《ののし》った。

「養女になられたとはいえ、天英院さまは近衛家の姫であることはまちがいないのでございまする。そこの配慮を強く求める」

姉小路がごり押しを口にした。

「養子、養女となってしまえば、出は消える。それでなければ、困りましょう」

加納近江守が述べた。

「むっ……」

姉小路が詰まった。

武家にしても公家にしても、高貴な血筋だけで連続できるものではなかった。釣り合った身分の家から迎えた正室が子を産まず、美貌だけで手出しされた妾が跡継ぎを作ったという話は、どこにでもある。

血筋をなによりのものと考えている連中にとって、次の当主の母が卑しき身分の女ではつごうが悪い。そこで使われるのが養女という手であった。金やその他の利権を目の前にぶら下げて、女を養女に迎えさせる。もちろん、いきなり五摂家の養女になどはできない。そこまでいかずともふさわしいほどの家格に持ちあげるのが難しいときは、少しだけ格上の家の養女とさせ、その後もう少し上へを繰り返せば、いつか釣り合うだけの身分まで持ちあげられる。

これを繰り返して公家や名門武家は続いてきた。養女の出を詮索することは、己の首を絞めるのと同じであった。

「しかしだな、高貴なお生まれには、それにふさわしい待遇というものが与えられて当然であろう」

姉小路が食い下がった。

「ふさわしいと存じますが。大奥第二位でございますぞ」

「それでは不足だと言っておるのだ」

加納近江守へ姉小路が大声を出した。

「おもしろいことを言われる。夫を亡くした妻は髪を下ろし、仏門に入るのが決まり。本来ならば、天英院さまも大奥を出られて尼寺へ移られるか、あるいは二の丸へご引退をなさってしかるべしでございましょう。そのお方を大奥第二位としておるのでございまする。これこそ、上様が天英院さまを大切にお考えの証《あかし》」

「…………」

「それほど席次にこだわられるならば、そのようなことのないところへお移りいただくように手配いたしてもよろしゅうございますが」

黙った姉小路に、加納近江守が告げた。

「大奥からお方さまを出すと申すか。きさま、分《ぶん》をわきまえよ」

姉小路が激発した。

「上様のご内意でございまする」

「うっ……」

吉宗の指示だと報された姉小路が口を閉じた。内意はまだ効力をもたない。しかし、これ以上の反発をすると命とりになりかねなかった。

「よろしいでしょうか。もう、お話しすることもないと思いますするが」

いい加減にしろと加納近江守が反論した。

「ま、待て」

書付を残したまま、加納近江守を帰しては、席次を認めたことになる。天英院以外のことでなにかあったら、姉小路の責任になる。

「今、見る……」

あわてて姉小路が書付に目を戻した。

「なんだと。竹が第三位だと」

姉小路が先ほどよりも激高《げっこう》した。

「第三位は、天英院さまのお付き上臈であるこの姉小路であったはずじゃ」

加納近江守に姉小路が嚙みついた。

「ほう」

すっと加納近江守が目を細めた。

「な、なんじゃ」

柔らかかった雰囲気を鋭いものに急変させた加納近江守に、姉小路が驚いた。

「表よりの通達だと最初に申したはず」

加納近江守が姉小路をにらみつけた。

「上様がお決めになり、老中たちが認めたものでござる。それに不足を唱える。御貴殿は、上様のご決定に逆らうと言うのでござるな」

「そ、そのようなことは……」

姉小路が蒼白になった。

公家の娘で天英院の輿入れについて東下《とうか》し、大奥の上臈へ出世した姉小路である。その格式は表の老中に匹敵する。とはいえ、その権威は将軍をこえるものではなかった。

「では、よろしいな」

「……しかし」

確認した加納近江守に、姉小路が渋った。

大奥女中にとって席次は、なによりの飾りであった。席次が高ければ高いほど、大奥での力が増し、周囲からの尊敬を集められる。席次が一つ違うだけで、会えば頭を下げ、廊下では道を譲らなければならないのだ。

「前例を遵守していただきたい」

去年と同じにしてくれと姉小路が求めた。

「上様のご決定は覆《くつがえ》りませぬ」

加納近江守が拒んだ。

「天英院さまのお気持ちをお考え……」

「五菜の太郎でございましたか」

まだ要求を繰り返す姉小路に、加納近江守が違う話を始めた。

「…………」

姉小路が沈黙した。

「上様が預かっておられまする」

「……なんのことじゃ」

震えながら、姉小路がとぼけた。

「殺さずにおると申しておりまする。おわかりでございましょう。竹姫さまを襲った男が殺されていない」

暗に加納近江守は、太郎がすべてを語ったと告げた。

「……了解した」

加納近江守の言葉に、姉小路が目を逸《そ》らした。

「席次については納得したと」

「うむ。では、これで失礼をする」

念を押した加納近江守を残して、姉小路がそそくさと退出していった。

「肚《はら》のない」

加納近江守があきれた。

「一人でやったこととして、自害すれば天英院さまを守れように。女ゆえにそれだけの忠義がない……いや、女にも武家以上の覚悟を持つ者はおる。情けないの。あれが大奥最上級の上﨟だというのだからな。上様がご苦労なさるのも当然じゃ」

大きく加納近江守が嘆息した。

二

一夜を過ごした聡四郎と大宮玄馬は伏見町の旅籠を出た。

「建中寺さんは、この前の道をまっすぐ北へ進んで、お城の手前で右に折れていただき、そのまままっすぐ東に向かっていただけば、突き当たりでございまする。少し手前に立派な築地塀《ついじべい》が出てきまするが、それはお殿さまの下屋敷、お間違えになられませんよう」

昨晩の約束どおり、番頭が教えた。

「世話になったの」

聡四郎は礼を述べた。

「いえいえ。お泊まりをいただきありがとうございました。そういえば、お連れさまがお一人、昨夜出られたようでございますが、お待ち合わせはよろしいので」

いなくなった山崎伊織のことを番頭が問うた。

「ああ。少し忘れものをしたのでな、昨夜取りに戻ってもらったのだ。ゆっくりと進むゆえ、今夜の宿で追いついてくるであろう」

「ゆっくりと、とおっしゃいますと、どの辺りまで」

「さてよなあ。建中寺の後、熱田《あつた》神宮にもお参りしたいゆえ、池鯉鮒《ちりゆう》あたりであろうかの」

しつこく訊いてくる番頭に、聡四郎はあいまいに返した。

「ではの」

聡四郎は宿を出た。

「お気を付けて」

番頭が宿の前で見送った。

「あやつらか」

しばらくして、見送っている番頭に若い侍が問うた。

「さようでございまする」

番頭が首肯した。

「三人と申していたのではなかったのか」

若い侍が咎めるような口調で訊いた。

「夜のうちに一人旅立ちましてございまする。なにやら前夜の宿に忘れものがあったとかで、後ほど合流するとか」

番頭が応じた。

「どこで合流するのだ」

「池鯉鮒の宿の名前をお出しでございました」

今聞いたばかりのことを番頭が告げた。

「旗本の旅とあれば、本陣か、それとも脇本陣か。旅籠ではなかろうな」

「そこまでは……」

教えてくれなかったと番頭が首を左右に振った。

「定宿《じょうやど》の有無くらい聞いておけ」

「申しわけございませぬ」

武家に咎められたときは、頭を下げるに限る。番頭が低頭した。

「ふん」

鼻先で番頭を馬鹿にして、若い侍が聡四郎たちの後をつけ始めた。

「建中寺さまに向かうのは間違いなさそうだ」

「先回りするか」

途中で合流した別の侍が提案した。

「そうよな。行き先がわかっているならば、先回りしてなにをするのか見張るのに便利な場所を押さえるにしかず」

若い侍も同意した。

「では、拙者が先に行く」

合流した侍が告げた。

「頼む、石川《いしかわ》。手出しは厳禁じゃ。城下では、どれほど隙《すき》があってもならぬという殿のお申しつけを忘れるな」

若い侍が注意を喚起してから、送り出した。

聡四郎と大宮玄馬は名古屋城の濠近くまで来た。

「城へ至る道がまっすぐでございまする」

正面に名古屋城の白壁が見えたことで、大宮玄馬が気づいた。

「たしかに珍しいの」

聡四郎もうなずいた。どこの城下でも敵に攻められたときのことを考えて、大手に続く道は曲がっているのが当たり前であった。

「石垣が高《たこ》うございますな」

そのまま濠端まで進んだ大宮玄馬が目を大きくした。

「濠の幅は江戸が優《まさ》る。だが、高さはこちらが上回るな」

「これほどの城が……」

「それだけ徳川は、豊臣を怖れていたのだろうな」

足を止めて二人は城を見つめた。

「……その割に道筋がまっすぐとは」

振り向いた大宮玄馬が矛盾に気づいた。

「勢いつけて攻めて来られぬようにするものだが……」

聡四郎も首を背後へと曲げた。

「うっ」

後をつけていた侍が、不意に二人が後ろを見たことに慌てた。

「参ろうか。目的は城ではない」

聡四郎が大宮玄馬を促した。

「……殿」

「ああ」

前を向いたままで注意を喚起した大宮玄馬に、聡四郎は気づいていると応じた。

「いかがいたしましょう。途中で排しましょうや」

大宮玄馬が問うた。

「いや、どうせ行き先もばれている。排除したところで意味はない。なにより名古屋の城下で騒動を起こすのはまずい。そなたの肩の具合もある」

聡四郎が大宮玄馬を止めた。先夜、京で闇に堕ちた剣客浪人との闘いで大宮玄馬は右肩の肉を削られていた。

吉宗の使者として来ているというのもあるが、聡四郎はその娘婿なのだ。失策は、吉宗の痛手になりかねなかった。

「傷は大事ございませぬ。よほど大きく振らねば痛みも出ませぬ。向こうから仕掛けてきたときは……」

「遠慮せずともよい」

相手が先に手出ししたならば、名分《めいぶん》はこちらにつく。

「承知つかまつった」

小さく首肯した大宮玄馬が、太刀と脇差《わきざし》を身体にくくりつけている下《さ》げ緒《お》の締めをさりげなく確かめた。

屈《かが》んだときに太刀や脇差が抜け落ちぬようにしたり、敵に奪われぬようにするため、下げ緒を胴に巻く。だが、下げ緒にはもう一つ役目があった。抜き撃つときに鞘《さや》を安定させ、その軌道を狂わせないようにするのである。

下げ緒の固定が甘いと鞘が遊び、抜いたとき刃と鞘がこすれて一撃の疾《はや》さが損なわれる。刹那《せつな》遅れただけで負けとなる真剣勝負で、これは致命傷になった。

「あれが建中寺」

やがて正面に立派な山門が見えてきた。

徳興山建中寺は、慶安《けいあん》四（一六五一）年に前年に逝去した初代尾張藩主徳川義直の菩提を弔うため、二代藩主光友《みつとも》によって建立《こんりゅう》された。境内敷地約五万坪（約十六万五千平方メートル）を誇り、本堂他諸堂伽藍《がらん》九棟を擁する尾張一の大伽藍であった。

「これはまた荘厳《そうごん》な」

「まことに。増上寺《ぞうじょうじ》、寛永寺《かんえいじ》には及ばぬとはいえ、名刹《めいさつ》というにふさわしい寺でございまする」

総門の前で聡四郎と大宮玄馬が感心した。

「なかへ入ろう」

聡四郎は総門を潜《くぐ》った。

総門からまっすぐに延びた参道の左右には塔頭《たっちゅう》が並んでいる。その間を進むと葵《あおい》の紋を打った立派な三の門に当たる。

「さすがに閉められているな」

聡四郎は足を止めた。

葵の紋付き門は、所用がなければ開かれない。

「右手のあれは……」

大宮玄馬が三の門の少し右に、もう一つ門があるのを見つけた。

「あの屋根の形は御成門《おなりもん》であろう」

御成門は独特な形の屋根を持つ。聡四郎が通れないと首を横に振った。

「潜り戸を見て参りましょう」

大宮玄馬が三の門脇の潜り戸を押した。

「開いてございまする」

「おう」

聡四郎も向かった。

「お待ちを」

潜り戸に着いた聡四郎の前に大宮玄馬が右手を伸ばした。

「わたくしが先に入りまする」

大宮玄馬が下げ緒を外し、脇差を鞘ごと抜いた。

「なにかございましたら、わたくしをお見捨てくださいますよう」

脇差を頭上に横たえて、大宮玄馬が潜り戸を通った。

頭を下げ、腰を屈めなければならない潜り戸は、危険な場所であった。横幅が狭く、抜き撃ちはできないうえ、塀に隠れての攻撃を見つけられないからである。心得のある武士は、大宮玄馬と同様、頭上からの一撃を防ぐため、太刀や脇差を頭上に掲げて入った。

「……」

聡四郎は返答をしなかった。

役目を考えれば、大宮玄馬の言うとおりであった。ここで二人ともが討たれてしまえば、京でのことを含め、吉宗に報告する者がいなくなる。山崎伊織もいるが、公家衆との遣り取りなど、聞いていないことも多い。

主命を考えれば、それ以外に道はない。

しかし、同門の兄弟弟子として、二十年近く一緒に汗を流してきただけに、それにうなずくことはできなかった。

「殿」

「……わかっている」

尖《とが》った大宮玄馬の声に、聡四郎は諾《だく》と応じるしかなかった。

「参りまする」

油断なく構えて、大宮玄馬が潜り戸のなかへと身体を滑りこませた。

「……だいじございませぬ」

素早く体勢を立て直した大宮玄馬が、聡四郎を招いた。

「ああ」

ちらと周囲を見て、聡四郎も続いた。

「いかがでございましたか」

大宮玄馬が警戒を続けながら問うた。

「姿は見えなかった」

後をつけてきた侍の影はなかったと聡四郎は答えた。

「見まちがいだったということは……」

「なかろう。我らが振り向いたとき、動揺しておった」

大宮玄馬の言葉を、聡四郎は否定した。

「ここに来るとわかっているのだ。なにも馬鹿正直についてくる意味はなかろう」

「……待ち伏せしていると」

一層、大宮玄馬の緊張が高まった。

「我らの目的がわからぬかぎり、いきなり襲い来ることはなかろう。なにせ一人減っているのだ。我々の足取りが名古屋で絶えれば、上様は黙っておられまい」

「山崎さまが別になられてよかったのでございまするな」

大宮玄馬が脇差を腰に戻し、下げ緒を締め直した。

「もっとも、それ以上にまずいことを我らが摑めば……」

「かかわりなく、襲ってくると」

「たぶんな」

聡四郎が首肯した。

「さて、霊廟《れいびょう》はどこだ」

「増上寺でも寛永寺でも、霊廟は本堂の裏手が多いのでは」

首を伸ばして探す聡四郎に、大宮玄馬が言った。

「本堂はあれだな。どちらから回るべきか。右からか、左からか」

聡四郎が悩んだ。

「本堂へ向かう石畳に、中程から左への分岐が見えまする」

大宮玄馬が指摘した。

「たしかに。右にはないな。よし、左から回りこもう」

「お先に」

大宮玄馬が歩き出した。

「お堂の屋根なども注意いたせ。さすがに菩提寺で鉄炮《てっぽう》は遣うまいが……」

「音の出ぬ弓矢はありえましょう」

聡四郎の指摘を大宮玄馬も認めた。

左へ曲がった石畳に従った二人は、すぐに霊廟を見つけた。

「あれか」

「冠木《かぶき》門付き……」

その威容に二人は息を呑んだ。

「これではなかろう」

すぐに聡四郎は否定した。

「一つだけしかないぞ、冠木門を擁しているのは。これは尾張家初代義直公か、建中寺を建てられた光友公であろう。吉通公のものは、正面にいくつかある碑《いしぶみ》のどれかだろう」

聡四郎は推測した。

「見て参りましょう」

大宮玄馬が正面に立っている碑へと近づいた。

「これは……贈三品宰相眞巖院源譽法仙性蓬大居士」

冠木門の霊廟のすぐ奥にある碑を大宮玄馬が読んだ。

「違うな。それはおそらく五郎太《ごろうた》君であろう。贈がついているというのは、生前官位がなかったか、低かったかだ。宰相とは参議のこと。吉通公は生前参議を経て権中納言まで上がっておられる」

聡四郎が首を横に振った。

「失礼をいたしました」

碑に一礼して大宮玄馬が、その向かいへと移動した。

「泰心院殿正譽徹應源誠大居士とございまする」

「源は徳川の本姓。その下に誠が付いているならば、三代綱誠《つななり》さまであろう」

それも違うと聡四郎は言った。

「残るは、右隣だけ」

大宮玄馬が綱誠の墓の右手を見た。

「柵で仕切られておりまする」

吉通のものと思われる墓は、五郎太、綱誠の墓より隔離されていた。

「大回りせねばならぬか」

通路を探すべく、聡四郎は来た道を戻った。

「殿、ここに空きが」

壁沿いを歩いていた大宮玄馬が、手を挙げた。

「おう」

聡四郎はすぐに向かった。

「……これか」

尾張藩徳川家四代当主吉通の墓は、他のものと同じく立派なものであった。

「二間《けん》(約三・六メートル)あるか」

碑の高さに聡四郎は目を剝いた。

「土台の高さもございまする。それほどではございますまいが……」

大宮玄馬も感嘆していた。

「さすがは徳川の一門である」

手を合わせてから、聡四郎は碑に彫られている文字を読んだ。

「圓覺院殿賢譽知紹源立大居士……」

聡四郎は首をかしげた。

「夭折《ようせつ》された五郎太君は元服しておられぬゆえ、法名が例外になっても当然だが……三代綱誠さまと四代吉通さまの間には差がある」

早足で聡四郎は綱誠の墓へ戻った。

「……諱の一文字が法名に入っている」

聡四郎はもう一度吉通の墓へと帰った。

「こちらは入っていない。立という文字があるが、吉も通もない」

「たしかに」

「二代光友公の墓碑が見えぬのが残念だ」

建中寺を建てた光友は別格扱いをされており、一人立派な冠木門の向こう側であった。

「法名を確認したいが……」

冠木門の隙間から覗《のぞ》こうにも、まったく無理であった。

「訊くしかなさそうだ」

聡四郎は、墓地を後にして、本堂へと向かった。

「ごめんくだされよ」

階段をあがって、聡四郎は本堂へと足を踏み入れた。

「ここもまた見事な」

建中寺の本堂は、見事な彫りの欄間《らんま》、柱に三つ葉葵の金紋と派手やかなものであった。

「どなたかの」

勤行《ごんぎょう》をしていたらしい老僧が、聡四郎を見咎めた。

「幕府旗本の水城聡四郎と申す。こちらの御住持《ごじゅうじ》どのであろうか」

名乗ってから聡四郎は尋ねた。

「お旗本でございましたか。いかにも当山を預かっておる者でございまする」

老僧が腰を折った。

「そのお旗本さまが、なぜここに」

住持が問うた。

「江戸へ戻る途中、名古屋へ立ち寄りましたゆえ、藩公の菩提寺へ参詣をと思い、お邪魔をさせていただきましてござる」

「それはご殊勝《しゅしょう》なことでございまする」

住持が合掌した。

「お参りをさせていただいてもよろしいか」

「どうぞ」

「…………」

本尊の前を住持が空けた。

無言で聡四郎は両手を合わせた。

「ようこそのお参りでございました」

本尊へ一礼して合掌を解いた聡四郎へ、住持が一礼した。

「一つお伺いいたしたいのだが、二代光友公のご法名はなんと仰せられましょう。外からでは拝見できませず」

聡四郎は問うた。

「光友さまのご法名は、瑞龍院殿天蓮社順譽源正大居士と申しあげておりまする」

住持が告げた。

「すばらしきご法名でござる」

瑞に龍、天に順とよい文字がつらねられていることに聡四郎は感心した。

「はい」

にこやかに住持がうなずいた。

「初代義直公の御墓所はこちらではないのでござるかの」

聡四郎はもう一度訊いた。

「義直公の御霊廟は、ご城下からいささか離れたところの應夢《おうむ》山定光寺《ざんじょうこうじ》にございましてな。ご法名は二品前亞相尾陽侯源敬公でござる」

住持が教えた。

「なるほど。初代さまが源敬公、二代さまが源正公、三代さまが源誠公、四代さまが源立公。五代さまだけが、いささか趣《おもむき》が違われますな」

「ご夭折なされたゆえ」

言葉少なに住持が述べた。

「歴代のお方の法名で源の後に付く文字について、お教えをいただけましょうや」

「はい。初代さまは敬うべき神君家康公のご子息、二代光友公は当寺をご創建くださるほど正しきおこないを重ねられた。三代綱誠公は、誠実な政を布かれ、四代吉通公は、尾張を天下の城下として立派に整備なされました」

「なるほど」

納得したかのように、聡四郎は首肯した。

「そういえば吉通公は、江戸でお亡くなりになったと聞き及びましたが」

聡四郎が本題へと踏みこんだ。

「江戸のお屋敷でお亡くなりになられ、棺《ひつぎ》にお納めし、尾張までお運びいたしまして、衣冠束帯《いかんそくたい》をお着せして、当寺に葬らせていただきましてございまする」

「ご遺体のお着替えを……」

聞いた聡四郎は驚いた。

「珍しいことではございませぬ。遠方でお亡くなりになられたお方を運んで、お身形を整えてから葬儀というのは、ままございまする」

たいしたことではないと住持が応えた。

「そのときのお着替えは……」

「近臣だったお方がなさいました。もちろん、拙僧もお側で読経《どきょう》をいたしました」

「それは……」

聡四郎は息を呑んだ。

「吉通さまのお姿を」

「拝見いたしました。お亡くなりになられてから十日ほど経っておりましたが、それでも凛《りん》とされておられました」

住持が称賛した。

「お顔のお色などは……」

「あいにく、そこまでは」

死後十日も経てば、人の身体は腐る。顔色どころではなくなった。

「それがなにか」

住持が不思議そうな顔をした。

「少し気になっただけでござる。いや、お邪魔をいたした。今日中に名古屋を出て江戸へ向かおうと考えておりますので、これにて」

聡四郎は不審を抱かれる前にと本堂を出た。

「いかがでございました」

陪臣の身分を慮《おもんぱか》って、本堂に入らなかった大宮玄馬が様子を問うた。

「こじつけだな」

聡四郎は苦い顔をした。

「なにもわからなかったわ」

「それは……」

大宮玄馬が残念そうに声を落とした。

「出るぞ。このまま江戸へ向かう」

「よろしいのでございますか」

「これ以上いたところでなにもわかるまい。それより、誘い出したほうが早かろう」

成果なしに離れてよいのかと心配した大宮玄馬に聡四郎は告げた。

「参りましょうか」

大宮玄馬が問うた。

「来なければ、なにもないとご報告できよう。そして襲われれば……」

「吉通公の死に裏があると」

「……」

確かめた大宮玄馬を、聡四郎は無言で肯定した。

「急ごう。なにかを見つけたと勘違いしてくれれば儲けものだ」

「承知」

首肯した大宮玄馬を連れて、聡四郎は東海道を下った。

三

家臣たちの報告を尾張藩附家老成瀬隼人正が聞いていた。

「建中寺に行って、歴代の藩主公の霊廟を確認していただと」

「はい。住持にも何かと話しかけていたようでございまする」

「なにを訊いていた」

成瀬隼人正の表情が険しくなった。

「住持に問い合わせましたところ、四代吉通さまのご法名とご遺体の様子を気にしていたようだと……」

「……なんだと」

告げた藩士に成瀬隼人正が一層難しい顔をした。

「やはり……疑っておる」

「なんのことでしょうや」

呟《つぶや》いた成瀬隼人正に、藩士が尋ねた。

「そなたは知らずともよい」

きっぱり成瀬隼人正が拒んだ。

「竹腰《たけのこし》は殿と一緒に江戸か……儂がやるしかない」

少しの間成瀬隼人正が考え、顔をあげた。

「その者どもは東海道を下ったのだな」

「さようでございまする」

さきほど叱られた家臣が首肯した。

「城下の屋敷には剣術を得意とする者は……」

「飯山《いいやま》が、新陰《しんかげ》流折紙《おりがみ》だったかと」

「一人では足らぬ」

答えた家臣に、成瀬隼人正が苦い顔をした。

「国元へ馬を出せ」

成瀬隼人正が、命じた。

「剣術のできる者を五人、池鯉鮒宿まで明日朝までに来させろ」

「池鯉鮒宿まででございますか。となれば馬を使わねばなりませぬが、騎乗を許されぬ身分の者はいかがいたしましょう」

藩士が尋ねた。武家の格として騎乗できるかどうかは大きな問題になる。槍《やり》一筋、馬一匹の家柄は、一廉《ひとかど》の者という意味になる。いかに腕が立とうが、足軽《あしがる》には騎乗が認められていなかった。

「かまわぬ。誰であろうと、騎乗を許す」

成瀬隼人正が言った。

「……わ、わかりましてございまする」

問うていながら、藩士が動揺した。

これは藩士の間にある格式を崩すことになる。一度やってしまえば、それは前例になる。将来、足軽が馬に乗っても、腕さえ立てば咎められなくなる。

「急がぬか」

「はっ、はい」

藩士が駆けだしていった。

「……いつかは気づくと思ったが……」

一人になった成瀬隼人正が呟いた。

「吉通さまが亡くなられたお陰で、将軍の座が回ってきた。上様にとっては好都合な話ゆえ、蒸し返しては来ないだろうと考えていたが……そういえば」

成瀬隼人正が思い出した。

「……主計頭《かずえのかみ》さまが、上様の鷹狩りにご一緒したと聞いた。まさか、主計頭さまが……」

主計頭とは、吉通の弟松平通春《みちはる》のことである。

「確信を持って旗本をよこしたか。これはなんとしても江戸へ帰してはまずい」

成瀬隼人正が拳を握りしめた。

犬山は尾張藩附家老成瀬隼人正三万七千石の城下である。附家老という職務を務める関係上、犬山と尾張は六里弱（約二十三キロメートル）と近く、馬を駆けさせれば半日足らずで着いた。

「腕の立つ者を五人。身分にかかわらず騎乗で、明日早朝までに池鯉鮒まで」

使者の口上に、家老職が戸惑った。

「剣術指南役二人は問題ない。だが、あと三人をどうする」

人選に手間取った。主君から腕の立つ者との指定である。それに含まれることは、武士にとって大いなる名誉となる。

「自薦させれば、山ほど来るぞ」

「しかし、名前だけの役立たずを出しては、叱られよう」

「たしかにな。飾りだけで良いならば、明日の朝までと刻限を切ったり、身分にかかわらず馬を許すなどとは言われまい」

家老たちは腐心した。

「指南役に推薦させてはいかがか」

末席にいた用人が口を挟んだ。

「そうじゃな」

「ときもあまりない。そうするとしよう」

すぐに指南役二人が呼び出された。

「腕の立つ者を三人出せと」

「身分にかかわりなくでございますか」

呼び出された指南役二人が顔を見合わせた。

「一人ならば」

「同じく」

二人の指南役が意見を合わせてきた。

「どちらか、あと一人を出せ」

「吾が一門から出すとなれば……」

歳嵩《としかさ》の指南役が、もう一人の指南役を見た。

「わたくしどもが下に見られたということになりまする」

若い方の指南役が首を小さく横に振った。

「面目が立たぬか」

「主命だぞ。そのようなもの……」

「いや、後々の遺恨になっては面倒だ」

家老と用人たちが顔を見合わせた。

「誰かおらぬか」

筆頭家老が、苛立《いらだ》った。

「足軽でよろしければ……」

おずおずと手をあげたのは、雑用をこなすために一人部屋の隅に控えていた老年の藩士であった。

「西山《にしやま》、心当たりがあるのか」

筆頭家老が訊いた。

「はい。大手門組の足軽一柳勇作《ひとつやなぎゆうさく》という者が、剣術をよくすると聞きましてございまする」

西山と呼ばれた老年の藩士が答えた。

「知っておるか、そなたたち」

家老の一人が指南役たちに問うた。

「西山、あの者を推すか……」

「あやつでございますか」

二人が揃って顔をしかめた。

「どのような者だ」

筆頭家老が説明せよと言った。

「身分をわきまえぬと言うか」

「傲岸不遜《ごうがんふそん》な者でござる」

歳嵩の指南役は婉曲《えんきょく》に、若い指南役は直截《ちょくせつ》に応じた。

「足軽のくせに、腕を自慢して好き放題すると」

用人が確認した。

「外でのことならば、身分を盾にかかわりを拒むこともできまするが、道場で試合を求められては……」

「断れば良かろうが」

家老の一人があっさりと断じた。

「足軽を怖れて逃げたと言われてもでございますか」

歳嵩の指南役が家老を見た。

「それは……」

家老も武士である。剣術などまともにしていなくても、侮蔑《ぶべつ》されることのまずさは知っている。

「強いのだな」

筆頭家老が確認した。

「わたくしがなんとか抑えられるていどでございましょう」

「こちらも師範代では相手になりませぬ」

二人の指南役が頬をゆがめた。

「殿のお求めは、腕の立つ者じゃ。最後の一人はそやつで決まりでよいな」

「異論ござらぬ」

「ご指示のとおりに」

筆頭家老の決定に、家老と用人は首肯した。

「勝田《かつた》、疋田《ひきた》もよいな」

「…………」

「仰せとあれば……」

指南役二人も従ったが、しぶしぶであった。

「用意をいたせ。今夜中に出ろ」

「承知いたしましてございまする」

「はっ」

指南役二人が手をついた。

夜に馬を駆けさせるのは危険であった。昼間ならば遠くから見つけられる道の穴や倒木などが、夜では近づくまでわからない。また、騎乗で松明《たいまつ》を持つのはなかなか難しい。しかし、主君の指図とあれば、どのような難題でも従わなければならなかった。

「馬の世話ならばしたことがある。しかし、乗ったことなどない」

一柳がみすぼらしい老馬を押しつけられて困惑していた。

「馬にさえ乗れぬのか。だから、足軽は」

歳嵩の指南役勝田の弟子が嘲《あざけ》った。

「山野《やまの》どの、無理を言われるな。足軽など、我ら武士から見れば馬同然。仲間の背に乗るとなれば、遠慮も要りましょう」

疋田の弟子が同調した。

「口だけは達者だな。腕に比して」

一柳も言い返した。

「きさま……」

「陣笠のくせに……」

二人の弟子が怒った。

「止《や》めよ。殿の御命の最中じゃぞ」

勝田が割って入った。

「しかし、師……」

「落ち着け、山野」

弟子を勝田が宥《なだ》めた。

「大野《おおの》、そなたもじゃ」

疋田が己の弟子を怒った。

「……申しわけございませぬ」

大野が詫びた。

「おまえもだ。分をわきまえよ」

勝田が一柳を叱りつけた。

「……そちらから仕掛けてこられたゆえでござる」

一柳がふてくされた。

「落ち着け、皆の者。委細《いさい》を告げる」

筆頭家老が険悪な雰囲気を無視して話を始めた。

「池鯉鮒まで駆け、江戸側の宿はずれにおる飯山と合流せよ。そこからは飯山の指示に従え」

「はっ」

筆頭家老の言葉に、勝田が代表して応じた。

「騎乗」

勝田が軽々と馬に乗り、他の藩士三人も難なく鞍《くら》の上に腰を置いた。

「くそっ……」

一柳だけが乗れなかった。

「手伝ってやれ」

「………」

あきれた筆頭家老が、側に居た老年の藩士に命じた。

「足を鐙《あぶみ》に入れ、鞍に手を置き、身体を持ちあげろ。儂が支えてやる」

「よっ」

なんとか一柳が馬にまたがった。

「よいか。後は手綱《たづな》をしっかり握り、馬の後ろ首に伏せるようにいたせ。腰を少し浮かせ、ふとももで馬体を挟むようにするのじゃ。よいか、決して力を抜くなよ。落ちれば、おいていかれるぞ」

老年の藩士が一柳に言った。

「助かった」

足軽が藩士に対するには不遜な態度ながら、一柳が礼を言った。

「よいか。任を見事果たしたならば、皆に加増の沙汰《さた》が出る。一律だが、五十石ずつ与えるとのご諚《じょう》である」

成瀬隼人正の書状にあった餌を筆頭家老が撒《ま》いた。

「五十石……」

三万石や四万石ていどの家中《かちゅう》となれば、家老でようやく千石、用人や組頭だと数百石、百石あれば上士に入る。五十石の加増はかなり大きなものであった。

「吾ももらえるのか」

一柳が疑念を口にした。一柳の俸禄は十五俵二人扶持《ぶち》でしかない。これは石にして六石ていどでしかない。五十石は大きすぎたし、なにより足軽は寒中でも足袋《たび》を穿くことも、雨で傘をさすこともできない。侍扱いを受けないのだ。

「身分、役職にはかかわりなくくださるとのお言葉である。疑うな」

不機嫌な声を筆頭家老が出した。

「やる。かならず果たす」

一柳が興奮した。

「行け」

筆頭家老が、大きく手を振った。

「はっ」

五人が馬に蹴りを入れた。

「もう一手打つ。弓の名手を二人用意いたせ」

「勝田どのたちには知らせずともよいのでございますか」

言われた老年の藩士が確認した。

「知っていれば期待しよう。己が出なくても弓でと怠けかねぬ。なにより、援軍があると思えば、そちらに気がいこう。ちらと見ただけで、相手に気づかれるかも知れぬ。敵を欺くには味方からじゃ。殿の御命を果たすに、味方の犠牲を怖れてどうする」

冷たく筆頭家老が断じた。

四

聡四郎と大宮玄馬は、熱田神宮に参拝するなど、ゆっくりと旅をしていた。

「尾張藩領を出るまではまず大丈夫だろう」

「己のところで襲うようなまねはせぬと」

大宮玄馬が問うた。

「あの上様だぞ。我らが尾張藩領で害されたとあれば、まちがいなくそこにつけこまれよう」

「はああ」

将軍が辣腕《らつわん》だと言った聡四郎に、同意するわけにもいかない大宮玄馬があいまいな返答をした。

「どこで襲い来るとお考えでございましょう」

「尾張を出た直後の池鯉鮒宿だろうな。それ以上離れると、人を出しにくくなる。いかに御三家とはいえ、岡崎《おかざき》や吉田《よしだ》など他家の城下でもめ事を起こすわけにはいくまい」

聡四郎が予想した。

「後をつけてきている気配はございません」

草鞋の具合を確かめる振りで、後ろを見た大宮玄馬が首を左右に振った。

「山崎伊織がおれば、そのあたりの気配を感じるだろうが、我らではの。殺気でも出してくれねばわからぬし、二十間（約三十六メートル）も離れられれば、殺気を漏らしていてもわかりはせぬ」

聡四郎が首を左右に振った。

剣術使いは殺気に敏感であった。当たり前である。道場での稽古でも、相手を倒してやろうと思いながらやっている。それこそ日常として殺気に曝《さら》されているのである。ただ、殺気は人の目から出るため、あるていど以上離れると向けられていても気がつかなくなる。

人の気配というのも同じであった。

「近づけばわかるだろう」

「はい」

聡四郎の話に、大宮玄馬もうなずいた。

池鯉鮒の宿場は、東海道五十三次のうち日本橋《にほんばし》から数えて三十九番目になる。尾張から三河《みかわ》に入ってすぐにあり、初夏におこなわれる馬市のときには、数百人が訪れるだけに、本陣、脇本陣を持つ大きなものであった。

「一晩世話になる」

聡四郎は本陣、脇本陣ではなく、宿場の中央にある大きな旅籠の暖簾を潜った。

「街道を見通せる部屋を頼みたい」

すばやく小粒金を番頭に握らせて聡四郎は求めた。

「これはどうも。おい、お客さまを二階の東奥のお座敷へご案内しておくれ」

喜んだ番頭が女中に指示した。

「……よく見えるな」

案内された座敷の窓障子を開けると、東海道がかなりの範囲で見通せた。

「こちらを注視している者はおらぬようでございます」

すばやく目を走らせた大宮玄馬が言った。

「どこに入るかさえ確認しておけば、あとは宿の出入りを押さえられるところに人をおいておけばすむからな」

聡四郎は窓障子から離れた。

「問題は明日だろう」

「はい」

二人はうなずきあった。

旅人の朝は早い。旅人は少しでも距離を稼ぎ、一つでも向こうの宿場へ足を延ばそうとする。旅は金を喰う。なかでも、宿泊代が大きい。ちょっとした旅籠ならば、朝晩の食事を合わせて、三百文ほどする。三百文あれば、江戸でも二日分の食事が摂《と》れた。

「少し遅めにな」

「巻きこむわけには参りませぬ」

わざと聡四郎と大宮玄馬はゆっくりと朝餉を食した。

「世話になった」

他の旅人よりも一刻《いっとき》（約二時間）ほど遅れて、聡四郎たちは宿を出た。

池鯉鮒宿の外れにある道祖神《どうそじん》を祀ったお堂前で、東海道を下ってくる旅人たちを見張っていた飯山が、遠目ながら聡四郎と大宮玄馬を見つけた。

「おい、起きろ」

飯山がお堂へ向かって声をかけた。

「……来たか」

「むう」

お堂のなかから鈍い反応が返ってきた。

徹夜で馬に揺られてきたのだ。五人全員が疲れ果て、お堂で仮眠をとっていた。

そのなかで一人一柳だけが元気であった。

「おう」

「足軽から士分へ上がる好機ぞ」

塗りのはげた太刀を手に持って、一柳がお堂から飛び出した。

「どいつだ……あれか」

一柳が聡四郎と大宮玄馬に気づいた。

「やってやる」

「待て。他の者と合わせろ」

焦る一柳を飯山が押さえた。

「眠りこけているようなやつなど、足手まといだ。あれは吾の獲物だ」

一柳が飯山を振り切った。

「あっ……」

飯山が手を伸ばしたが、一柳には届かなかった。

「勝田どの」

「勝手なまねをしおって」

お堂を振り向いた飯山に、勝田が頬をゆがめた。

「まったく。これだから足軽は役に立たぬ」

続けて出てきた疋田も吐き捨てた。

「刺客をと命じられて眠れなかったのだろうが、こういうときこそ身体と心を休め、万全の状態で挑まねばならぬというに、戦いを前にした恐怖で暴走するなど、戦場での心得ができていない証拠《あかし》じゃ」

「さようでござる。たとえ、今回の任に成功し、あやつが生き残っても、士分に引きあげるのは止めるべきでござる。あのていどを侍にするなど、当家の恥になりましょう」

疋田も同じ気持ちだと言った。

「一同、そんなことは終わってからじゃ。今は見ておけ。一柳のお陰で、敵の腕がわかるぞ」

勝田が、弟子たちに声をかけた。

「はっ」

「承知」

それぞれの弟子が、首肯した。

血相を変えて駆けてくる一柳に聡四郎と大宮玄馬はあきれた。

「馬鹿か」

「あんな向こうから太刀を振りあげて来るなど……」

主従二人は嘆息した。

「あの向こうにも何人かおりまする」

大宮玄馬が飯山たちに気づいた。

「来ぬな」

動かない男たちに、聡四郎は首をかしげた。

「仲間ではないのか」

「まさか、一人ずつで一騎討ちを求めるなど」

聡四郎と大宮玄馬は戸惑った。

「用人はどっちだあああ」

一柳が叫んだ。

「一騎討ちをご希望のようだ」

太刀の柄《つか》を握った聡四郎を、大宮玄馬が押さえた。

「殿。わたくしの仕事にお手出しはご遠慮願いまする」

大宮玄馬が前に出た。

「……任せる」

聡四郎は大宮玄馬の意思を尊重するしかなかった。主人を戦わせて傍観しているような従者など、誰も認めはしない。なにより、大宮玄馬が我慢できないはずであった。

「わたくしは不要でございますか。お暇を」

そう言い出すことはまちがいない。それくらい二人の仲は長く、深かった。

「邪魔するな……」

叫びながら近づいた一柳が、大宮玄馬を一撃の下《もと》に屠《ほふ》ろうと太刀を振りあげた。

「哀れな」

必死の形相《ぎょうそう》を浮かべる一柳に、大宮玄馬は憐憫《れんびん》を覚えた。

真剣勝負には命がかかっている。その恐怖と相手に向かって駆けている状況が重なれば、視界は狭くなる。狭くなるどころか、大宮玄馬しか見えなくなっている。周囲の気色《けしき》、足下の地面さえ、認識できなくなっているのだ。当然、間合いをまともに摑むことなどできやしない。視界のすべてが大宮玄馬に占められているといえる。大宮玄馬が実際よりも大きく見え、そのぶん近いと錯覚してしまう。

「死ねえ」

一柳が渾身《こんしん》の力をこめて太刀を振り落としたとき、まだ間合いには五寸（約十五センチメートル）以上遠かった。

「…………」

かすることさえなく過ぎた一柳の切っ先を大宮玄馬は冷静に見送った。

「手応えがない……」

存分に斬ったと錯覚した一柳が呆然《ぼうぜん》となった。

「人を斬るだけの技量はあっても、経験がなかったな」

半歩踏みこんだ大宮玄馬が、伸びあがるように太刀を抜き放った。

「かはっ」

存分に右脇腹を裂かれた一柳が即死した。

「……あの一柳が一撃で」

「疾《はや》すぎて見えなかったぞ」

大野と山野が驚愕の声をあげた。

「できる」

「でございますな」

二人の指南役が表情を引き締めた。

「……怖れるな。取り囲めばものの数ではない。こちらのほうが優っているのだ」

意気消沈しかけた弟子たちを勝田が鼓舞した。

「吾もある。勝田氏もおられる。安心いたせ」

疋田も続けた。

「そうじゃ。師範がおられる」

「皆でかかれば、負けぬ」

弟子たちが、師匠の言葉に気を取り直した。

「儂が先陣を切る。疋田どのは、主のほうを抑えてくだされ」

「承知。大野、そなたも勝田どのの指示に従え」

勝田の差配《さはい》を疋田が認めた。

「では、参るぞ」

勝田が聡四郎たちに向かって早足で近づいた。

「今頃打ち合わせか」

聡四郎はあきれた。

「臨機応変という言葉を知らぬか」

勝田が言い返した。

「穴に落ちてから梯子《はしご》を探すようなものだな」

あからさまな嘲笑《ちょうしょう》を聡四郎は浮かべた。

「きさま、無礼な」

疋田が太刀を聡四郎へ向けた。

「殿、少しだけご辛抱を」

大宮玄馬が、疋田の相手を聡四郎に願った。

「ゆっくりでよいぞ。このていどならば、吾でも十分だ」

聡四郎はさらに疋田を挑発した。

「きさまっ」

疋田が激発し、斬りかかった。

「……疋田どの、落ち着け。ええい、頭に血がのぼったか。やむをえん。こちらをさっさと片付けて……」

「片付ける……誰を」

一瞬疋田に目をやった勝田は、大宮玄馬の動きを見逃した。

「なにを……や、山野」

勝田は己の右に回り、大宮玄馬を牽制するはずだった弟子の山野が、地に伏しているのを見た。

「いつの間に」

勝田が息を呑んだ。

「わ、わあああ」

大野が混乱した。

人というのは、恐怖に対して立ち向かうか、逃げようとするかのどちらかである。大野は、前者であった。

「こいつ、この」

大野が太刀を抜こうとした。

「抜けない。抜けない」

太刀の柄を両手で握って大野が焦った。

「鯉口《こいぐち》をきれ、鯉口を」

勝田が注意した。

屈んだときに刀が滑り出て、怪我をしないよう刃と鞘は鯉口で連結されていた。しっかりと締め付け、刀身を固定させている鯉口を緩《ゆる》めない限り、抜けなかった。

「真剣での稽古を積んでおくべきだったな」

冷たく言って、大宮玄馬が大野へと近づいた。

「させるか」

勝田が割って入ろうとした。

「ほう」

大宮玄馬が感心した。三間（約五・四メートル）を滑るように詰めた勝田の足運びは相応の実力を感じさせた。

「ふん」

遠慮なく大宮玄馬は、太刀を薙《な》いだ。

「くっ」

急いで動いた重心のぶれを、見事に抑えて勝田が迎え撃った。大宮玄馬の太刀と勝田の太刀がぶつかった。

「なかなかだが、そこまでだ」

褒《ほ》めながら大宮玄馬は太刀から手を離し、脇差を抜いた。

「馬鹿な、太刀を捨てるなど……」

太刀をぶつけ、そのまま鍔迫《つばぜ》り合いに持ちこもうとした勝田が啞然《あぜん》とした。大宮玄馬は小柄である。鍔迫り合いになれば、体格差で押し勝てるとの考えが狂った。

「ぬん」

大宮玄馬が片手で脇差を斜め上へ走らせた。

「ひゅいっ」

勝田の喉が息を漏らすような音を伴って切れた。

「ひっ、ひっ」

大野が目の前で崩れた勝田の姿に恐慌《きょうこう》をきたした。

「…………」

無言で大宮玄馬が脇差を突き出した。

「あ、あああああ」

鳩尾《みぞおち》に入った切っ先を見ながら、大野が死んだ。

「おい、もろすぎるぞ」

「そんな……」

聡四郎に言われた疋田が蒼白になった。

「尾張の者だろう」

「ち、違う」

疋田が首を振った。

「襲ってくれて助かった。何一つ得るものがなく、どうやって上様にご報告申しあげるか困っていたが……おかげで尾張に疑いありとお伝えできる」

「だから、尾張さまとはかかわりがないと……」

「さまをつけたな」

「あっ」

疋田が失策に気づいた。

「尾張徳川の家臣ならば、主家に敬称を付けぬ。となれば、陪臣」

「このっ」

あわてて疋田が斬りかかってきたが、心の落ち着きを失ってしまっていては、切っ先に力はない。

「ふん」

あっさりと聡四郎はこれを弾《はじ》いた。

「わっ」

腰の浮いた一撃を強く払われた疋田がたたらを踏んだ。

「刺客には死の覚悟があるはず」

ためらいなく聡四郎は、太刀を撥《は》ねた。

「…………」

首筋を刎《は》ねられた疋田が血を噴きあげた。

「むっ」

疋田が崩れ落ちるのを後方で見ていた飯山が唸った。

「家中きっての遣い手たちが、瞬きするほどの間に……」

飯山が呆然とした。

「道場剣術だったということだな」

血脂の付いた脇差を左手にぶら下げて、大宮玄馬がゆっくりと飯山へと迫った。

「そこまで違うのか」

まだ飯山が動けないでいた。

「構えずによいのか。多人数で旗本を襲ったのだ。無抵抗であろうとも、こちらに遠慮する気はない」

間合いに入ったところで、大宮玄馬が脇差を振りあげた。

「嘘だ。こんな簡単に死ぬなど……これは幻、夢に違いない」

飯山が現実から逃げ出した。

「疋田どの、勝田どの、いつまで寝ておられる。急ぎ、起きあがって敵を……」

「はっ」

大宮玄馬が飯山に殺気を浴びせた。

「……ひいい。いつの間に」

本能が死を拒もうとしたのか、飯山が吾を取り戻した。

「抜け。待ってくれる」

「思い上がりを……」

顎をしゃくった大宮玄馬に、飯山が抜き打ちを放った。

しかし、今まで身体が弛緩していたのだ。気迫も乗っていない。十分な速度を出せなかった一撃は、わずかに身をひねった大宮玄馬に届かなかった。

「ふん」

渾身の一刀である。かわされた後の二の太刀はなかった。身体ごと振り切り、背中を見せた飯山の右脇腹へ、大宮玄馬が刃を突き立てた。

「はくっ」

肝臓をやられた飯山が即死した。

「肩はどうだ」

残心の構えを取る大宮玄馬に、聡四郎が近づいた。

「夢中だったので、気にもいたしませんでした。このとおりでございまする」

大宮玄馬があらためて右手を振り、大丈夫だと答えた。

「まさか……」

「六人が一瞬で」

二十間ほど離れた松の陰で戦いを見ていた弓手《きゆうしゆ》二人が、矢をつがえることさえ忘れていた。

「近づいてくるぞ」

刺客を排した聡四郎と大宮玄馬は、死体をそのままに街道を進んできた。

「ここは退くべきだ」

「ああ」

気を呑まれた弓手二人が、急いで逃げ出した。

「あの二人、片付けておかなくてよいのか」

鬼次郎が、隣に潜む松葉に訊いた。

「逃げる奴を片付けても、ありがたみが薄い。危ないというところで助けに入る。危難を救われたら、用人も我らを信用するだろう」

松葉が首を横に振った。

「なるほどな。安心させて……」

「どうするかは江戸に着いてからだがな」

納得した鬼次郎に松葉が呟くように付け加えた。

「……………」

二人の郷忍の遣り取りを、山崎伊織は黙って見ていた。

第三章　帰途争々

一

年明けから序列が下がる。追い詰められた天英院を月光院が挑発した。

「お下がりあれ」

月光院付きの上臈松島が、天英院の座を下げろと要求した。

「無礼であろう」

天英院付きの上臈姉小路が激した。

「仏間の最上席は、家宣さまご就任以来天英院さまの定席である」

姉小路が断言した。

大奥の朝は、食事やお茶ではなく、徳川家代々の将軍、御台所、その父母を祀った仏間での拝礼から始まった。

この儀式は徳川家でも重要な日課であり、こればかりは病《やまい》でないかぎり、将軍も同席しなければならなかった。

巨大な仏壇の前、正面には将軍が座り、その背後に御台所が位置する。その後ろに席次に従って大奥女中たちが腰を下ろした。

家宣が六代将軍となってから、二度の代替わりを経ても天英院が御台所の座をずっと専有していた。

「表より第二位とするとの通達が参ったはずじゃ。当然第一位が月光院さまであることも知っておろう」

松島が勝ち誇るように言った。

「…………」

姉小路が黙った。

「わかったならば、さっさと移動を願おう。いつまで月光院さまを立たせておくつもりじゃ」

腰を下ろせば、そこが座と認めたことになる。月光院は仏間に入ることなく、廊下でふさわしい場所が空くのを待っている。

反論できなくなった姉小路に代わって、天英院が松島をにらんだ。

「囀《さえず》るな」

予想していなかった反撃に、松島が戸惑った。

「な、なにを」

「さきほどから席次、席次と阿呆の一つ覚えのように繰り返しおって。それほど席次が大事ならば、慣例を忘れてはおるまいの」

「当然でございまする」

確認された松島が言い返した。

「表から申してきた席次は、新年から適用するのが決まりである。今はまだ師走《しわす》じゃ。妾《わらわ》がここにいてなんの不思議もあるまい」

「……それは」

今度は松島が詰まった。

天英院の言い分も正論であった。

大奥の席次は、将軍の婚姻と代替わり、そして表から指示が出たときに変わる。

そのなかで婚姻と代替わりは、即日効力を発するが、表からの指示は節季《せつき》の日まで猶予《ゆうよ》された。これはあまり表が大奥のことに口出しをするべきではないという考えから来ているもので、明文化されているわけではなかった。が、慣例として代々受け継いできているだけの重みはあった。

「御成《おなり》でございまする」

上の御錠口番《おじょうぐちばん》が大声で吉宗の大奥入りを報せた。

「いつまで木のように突っ立っておる。上様がいらっしゃるまでに席に着いておかねば、咎めを受けようぞ」

天英院が廊下の月光院へ声をかけた。

「……………」

苦く頰をゆがめながら、無言で月光院が第二位の席に着いた。

「ふん」

その顔を見た天英院が鼻先で笑った。

「御成いいい」

仏間を担当する清《きよ》の中臈《ちゅうろう》が、吉宗を案内して入ってきた。

「……………」

座している大奥女中たちが一斉に頭を垂れた。

「うむ」

仏壇の前に腰を下ろした吉宗がうなずいた。これを合図に一同が面《おもて》を上げる。

「…………」

法事とあれば、寛永寺あるいは増上寺の僧侶が読経を捧げるが、普段はなにもない。ただ一同で手を合わせ、瞑目《めいもく》するだけである。

「大儀」

吉宗の一言で仏間行事が終わった。

「…………」

日課とはいえ、忙しい吉宗である。すぐに表へ戻ろうと立ちあがった。

「上様」

天英院が呼びかけた。

「なんじゃ」

吉宗が足を止めた。

敵対しているとはいえ、相手は先々代の御台所であり、五摂家近衛の娘である。無視するわけにはいかなかった。

「いささかご意見をさせていただきたく」

「意見、躬《み》にか」

「はい」

確かめた吉宗に、天英院が首肯した。

「うかがおう」

もう一度吉宗が座った。

「ありがとう存じまする」

吉宗のほうが立場は上になる。天英院は頭を下げて礼を口にした。

「先日、表の執政衆より、大奥席次の変更を聞きましてございまする」

「ふむ」

先を吉宗が促した。

「あれは上様のご指示でございましょうや」

「躬の命かどうかを訊いておるのならば、そうじゃと答えよう。幕府から出るすべての法や令は、すべて躬が名前で出る。それがどのようなものであろうとも、そのすべての責は、躬が負わねばならぬ」

個別の判断を吉宗はしなかった。

「……さようでございまするか。ならば、一言ご忠告をさせていただきまする」

天英院が挑むような目をした。

「大奥には大奥の決まりがあり、春日局《かすがのつぼね》さま以来、表は大奥に手出しをせぬというのが……」

「不要な意見じゃ」

吉宗が一言で拒否した。

「えっ」

あまりの素早さに、天英院が絶句した。

「役立つ諫言《かんげん》ならば、何刻でも聞こう。しかし、無駄な話には寸刻を割《さ》く気もない。政は待ったなしだからの」

「妾の言うことが無駄だと」

天英院が真っ赤になって怒った。

「将軍は武家の統領である。これが答えじゃ」

あきれた顔でそう告げた吉宗がふたたび立ちあがった。

「どういう意味だと」

天英院が首をかしげた。

「武士は他の者どもの見本とならねばならぬ。庶民たちの手本とな。それが他人の上に立つ者どもの決まり」

吉宗が天英院を見下した。

「正々堂々。これが政の王道である。その政をおこなう躬が、姑息《こそく》な手立てで他人を貶《おとし》めるようなまねをする者から意見を受ける。そんなことが許されるわけはない。ゆえに無駄だと申した」

痛烈な皮肉を吉宗は叩きつけた。

「正月まで待ってやったのは、家宣公への遠慮じゃ。その意味を考えよ。夫の菩提を弔うのは妻の役目である」

猶予を与えたのは六代将軍への心遣いだと言い、さっさと大奥を出て行けと吉宗が含めた。

「…………」

天英院の顔色が音を立てて白くなった。

「先触れをいたせ。中奥《なかおく》へ戻る」

吉宗が廊下で控えていた御錠口番に命じた。

「は、はい」

辛辣《しんらつ》な吉宗のやり方に、おののいていた御錠口番が、あわてて走っていった。

「竹」

「はい」

吉宗に呼ばれて竹姫が応じた。

「あと少しの辛抱である」

天英院のときとはうって変わって、優しい語調で吉宗がねぎらった。

「お心遣い、かたじけなく存じあげまする」

竹姫が吉宗を見上げた。

「近いうちに、茶を馳走《ちそう》してくれ」

局を訪ねていくと吉宗が告げた。

「お待ちいたしております」

うれしそうに竹姫が受けた。

「うむ」

満足げにうなずいた吉宗が、大股で仏間を後にした。

「竹どの」

続いて月光院が声をかけた。

「なんでございましょう」

にこやかな表情のまま、竹姫が首をかしげた。

「今日の昼、空いておるかの」

「鹿野《かの》」

訊かれた竹姫が、お付きの中臈を見た。

「なにもご予定はございませぬ」

鹿野が大丈夫だと答えた。

「空いておりまする」

あきらかに鹿野の返事は月光院にも届いている。しかし、だからといって返答しないわけにはいかない。きっちりと応えるのが礼儀であった。

「よきかな。どうじゃ、妾の館で昼餉など」

「なんともうれしきお誘いでございまする。よろこんでご相伴《しょうばん》をさせていただきまする」

竹姫が首肯した。

「鹿野と申したの」

「はっ」

月光院が鹿野に話しかけた。

「竹どのだけでは心許《こころもと》なかろう。そなたともう一人くらい、供をいたせや」

「お気遣い、感謝いたしまする」

主への配慮に、鹿野が一礼した。

「では、正午にな。待っておるぞえ。松島、用意をな」

「お任せを」

引き受けた松島を連れて月光院が仏間を去っていった。

「天英院さま」

「…………」

仏間を出るにも順番がある。上から先に出ていく決まりであった。月光院は最初の嫌がらせに対応して、わざと先に出ていったが、竹姫までそうするわけにはいかない。帰ってはいかがかという竹姫の勧めにも天英院は動かなかった。

「……お先に失礼をいたしまする」

昼餉に誘われている。いつまでも仏間でときを過ごすわけにはいかなかった。

深々と頭を下げた竹姫が、順を崩した。

「お先でございまする」

それを見て、他の女中たちも仏間を離れていった。

「お方さま」

心配そうに姉小路が声を掛けた。

「………」

それでも天英院は身じろぎさえしなかった。

「お方さま」

姉小路が崩れるように両手を畳についた。

「……姉小路」

ようやく天英院が反応した。

「は、はい」

「妾はなにをすればよいのかの」

天英院が感情のない目で姉小路を見た。

「なんでも、お方さまのお心の望まれるままになさってよろしゅうございまする」

姉小路が言った。

「そうか。妾の思うままにしてよいのだな」

「もちろんでございまする。お方さまこそ、この大奥の主でございますれば」

念を押した天英院に、姉小路がうなずいた。

「館へ戻るぞ」

「お供を」

天英院が立ちあがり、残っていた付き人がその後に続いた。

二

将軍の朝は忙しい。老中を始めとする役人たちが、ひっきりなしに目通りを求めてくる。

「上様、勘定奉行が金奉行を伴っての目通りを願っておりまする」

御側御用取次の加納近江守が、吉宗の許可を求めた。

「よかろう」

吉宗が首肯した。

「上様にはご機嫌うるわしく……」

「用件を申せ。次が待っておる」

勘定奉行の挨拶を、吉宗が途中で止めさせた。

「申しわけございませぬ」

叱られた勘定奉行が小さくなった。

「で、金奉行を連れてきたということは、金蔵の話だな」

吉宗が話を予想した。

金奉行は勘定奉行の配下で二百俵高、役料百俵を与えられる。幕府金蔵の管理を任とし、収入を司る元方《もとかた》二人、出金を担当する払方《はらいかた》二人の四人が交代で務めた。

「払方奉行を務めまする鵜飼元兵衛《うかいもとべえ》でございまする」

金奉行は目見え以上とはいえ、将軍と話ができるほどの身分ではない。吉宗の前に出て、固くなっている鵜飼元兵衛の代わりに勘定奉行が紹介した。

「直答《じきとう》を許す。鵜飼」

吉宗が直接話をせよと言った。

「お、畏れ入りまする」

声を掛けられた鵜飼元兵衛が震えた。

「ご報告をいたしまする」

鵜飼元兵衛が、報告の緊張からかごくっと喉を鳴らした。

「お金蔵の底が見えましてございまする」

言った瞬間、鵜飼元兵衛が平伏《へいふく》した。

「底が見えたか」

冷静に吉宗が応じた。

「上様……」

勘定奉行が意外そうな顔をした。

「わかっていたからの」

吉宗が答えた。

「幕府の金蔵に余裕があれば、躬は将軍を望まなかった」

「それは……」

「…………」

勘定奉行と鵜飼元兵衛が絶句した。

「このままでは遠からず幕府は倒れる。そう思えばこそ、躬は将軍になった」

「御上が潰れるようなことはございませぬ」

勘定奉行が否定した。

「外面だけの話は止めよ」

「そのような……」

「本気でそう思っておるならば、そなたは勘定奉行の器《うつわ》ではない」

「うっ……」

断じられた勘定奉行が詰まった。

「幕府は徳川である。幕府に金がないのは徳川に金がないことよ。金がなければ、人も雇えず、鉄炮も買えず、兵糧《ひょうろう》の用意もできぬ。戦をする前から負けるとわかっているのだ。そんな徳川に、外様たちが従うか。徳川は、外様をなにかあれば潰すぞと脅してきた。その脅しのもとが武力じゃ。金蔵の底が見えたは、その武力を失った証拠である」

吉宗が述べた。

「ははっ」

勘定奉行も平伏した。

「どのくらい金がある」

「幕府から貸し出しているぶんもございますれば、金蔵の底が見えたところで、いきなり無一文となるわけではございませぬが……」

問うた吉宗に勘定奉行が続けた。

「数万両というところかと」

勘定奉行が告げた。

幕府は飢饉《ききん》や天災に見舞われた大名、旗本に復興資金を貸し付けている。利子は取っていないが、返せなくなれば領地を削る、あるいはより貧しい土地へ追いやるなどしてそのぶんを補塡《ほてん》できる。たまに長年の功績に免じて下賜に代えてしまうこともあるが、とりはぐれはなかった。

「数万両……五万両に届かずか」

「はい」

がっくりと勘定奉行が肩を落とした。

「日本橋辺りの商人ならば、ゆうにその倍は持っておろう」

小さく吉宗は嘆息した。

「大坂の金蔵は」

「あちらも二万両あればよいほうかと」

鵜飼元兵衛が返事をした。

幕府には江戸と大坂に金蔵があった。大坂の金蔵は、西国大名が謀叛を起こしたときの軍資金として蓄えられ、当初は十万両保管されていた。

「合わせて十万両にもならぬとはの」

さすがに吉宗もあきれた。

「よくこれでやってきたものだ」

「申しわけもございませぬ」

勘定奉行が詫びた。

「そなたのせいではないわ。無駄な金を遣ってきた歴代の将軍が悪いのだ」

「上様……」

「ひっ」

歴代の将軍を堂々と非難した吉宗に、勘定奉行と鵜飼元兵衛が悲鳴をあげた。

「家康さまだけよな。金の大切さをご存じだったのは」

神君と敬愛される家康だけを吉宗は批判から除外した。

「…………」

あからさまに二人の旗本が安堵《あんど》の表情に戻った。

歴代の将軍でも家康だけは別格扱いされてきた。死後、神となった唯一の将軍である。家康を貶めることは、現職の将軍といえども許されなかった。

「で、なにか手立てを考えておるのだろうな」

吉宗は勘定奉行へ問うた。

「……それは」

勘定奉行が口籠《くちご》もった。

「考えておらぬのか」

「…………」

「余剰金がどれだけになったかを躬に報せるだけならば、鵜飼だけで十分ぞ」

「も、申しわけもございませぬ」

怒声を浴びせられた勘定奉行が頭を畳にこすりつけた。

「役立たずに勘定奉行という重責は任せられぬ」

「お、お待ちくださいませ」

罷免《ひめん》しようとした吉宗に勘定奉行が猶予を求めた。

「案を出せるのか」

「出しまする。十日、いえ五日くださいませ」

首になっては大変である。

勘定奉行は、寺社奉行、町奉行と並んで幕府三奉行と呼ばれる。三千石高で幕府の金銭出納《すいとう》すべてを管轄する。勘定奉行から町奉行、大目付《おおめつけ》と転じた例もあるが、まずここまでと言えるほど旗本として出世の頂点にあった。家柄よりも能力を重視されて就任することが多く、勘定衆からのたたき上げも多い。まさに努力のたまものと言える役目であった。何十年という辛苦《しんく》を経てなった勘定奉行の地位を無能だとして追われては、立つ瀬がない。

勘定奉行は必死であった。

「わかった。五日待ってくれる。近江守、そなた覚えておけ」

同席していた加納近江守に、吉宗が命じた。

「はっ」

加納近江守が首肯した。

「下がれ」

「御免を」

手を振る吉宗に二人の勘定役人は追われるように御休息《おきゆうそく》の間《ま》を出て行った。

「上様」

二人を見送って戻って来た加納近江守が、意見したそうな顔をした。

「わかっておる。そう簡単に辞めさせるなと申したいのであろう」

「はい」

言う吉宗に、加納近江守が首を縦に振った。

「近江守、幕府に十万両の金がないと聞いてどう思う」

「どうと仰せられましても……実感が湧《わ》きませぬ」

吉宗とのつきあいは三十年をこえる。加納近江守は隠すことなく、思ったことを口にした。

「そうだろうの。おそらく幕臣のほとんどが、そう言うであろうよ。老中でも怪しいな」

苦い顔を吉宗はした。

「それでよいのだ。普段はな。幕府にどれだけの金があるなど、旗本が知っていなくともよい。心配せずとも問題はない。だが、それを許されぬ者がいる」

吉宗が一度言葉を切った。

「第一が将軍である躬じゃ。将軍は幕府の頂点であり、そのすべてに責を負う。負わねばならぬ」

「畏れ多いことでございまする」

加納近江守が吉宗の覚悟に頭を垂れた。

「第二が老中、若年寄《わかどしより》ら執政衆だ。執政衆は政をなすのが任である。そして政をおこなうには、金が要る。金がなければ、政はできぬ。当然、どれだけの金があるかで施政を変えねばならぬ」

「わかりまする」

「第三が勘定方だ。勘定方がもっとも幕府の金銭出納を知る。最初に危機感を持たねばならぬ」

「それはたしかに」

財布を預けた者より、握っている者が中身をよく知るのは当然であった。

「しかし、その勘定方がなんの手も打ってこなかった」

幕府の金蔵が怪しくなったのは、三代将軍家光のころである。なぜか実父秀忠と仲が悪かった家光は、父の業績を消し去らんとばかりに天守閣を建て直したり、寛永寺を建立したりして、莫大な金を浪費した。

続いて四代将軍家綱のときの明暦《めいれき》大火である。振り袖火事とも言われる災害は、江戸城とその城下を壊滅させた。その再建の費用は幕府の財政を大きく傾けた。

それに拍車を掛けたのが五代将軍綱吉であった。己に跡継ぎがないことを不安に思った綱吉は、怪しい僧侶の戯言《たわごと》に踊らされ、天下の悪法生類憐れみの令を布いた。なかでも犬を特別扱いにし、江戸中の野良犬を保護、その費用だけで年間十万両が飛んだ。

さらに止《とど》めとなったのが、六代将軍家宣の大奥改築であった。綱吉の後を受けて将軍となった家宣は傍系というのもあり、大奥の協力なしでは老中たちに対抗できなかった。力を貸してもらう代わりに、望み通り家宣は大奥を拡張。その普請費用は六万両を超えたと言われていた。

「三代将軍家光さまから、七代将軍家継さままで何年あった。百年とは言わぬが、九十年はあろう。その間、勘定奉行になった者が何人いた。五十人ではきくまい。それが、将軍の浪費に気づいていながら、制してさえおらぬ。あやつらはなんのためにおるのだ。金勘定だけなら、その辺の商家の番頭で十分だろうが。三千石も取りながら……」

吉宗が憤慨した。

「将軍家のご指示には逆らえませぬ」

上から命じられてはしかたないと、加納近江守がかばった。

「それでもだ。一人でも腹を切る覚悟で諫言する者はいなかったのか」

「……それは」

加納近江守が困惑した。

「人は誰も命が惜しい。それはわかっている。だが、旗本は将軍のために死ぬものである。幕府の危難を知りながら、気づいておりながらなにもしないなど、禄を与えるに値せぬ」

「…………」

　怒る吉宗に、加納近江守が黙った。

「もう少し躬が将軍となるのが早ければ、水城を、勘定吟味役であった水城をうまくつかえたものを」

「水城どのを勘定奉行に……」

「算盤《そろばん》さえまともに使えぬが、あやつは隠しごとをせぬ。なにより、どうにかしようとあがく」

　吉宗が聡四郎を褒めた。

「竹のことがすめば、御広敷から離し、勘定方へ復帰させるつもりでおる」

「御広敷用人から勘定奉行は前例がございませぬ」

　引きあげて使うという吉宗に、加納近江守が述べた。

「前例なき人事は、反発を招きまする。いきなり水城どのを勘定奉行に据えれば、勘定方は反発いたしましょう。いかに水城どのが勘定筋だとしても、御広敷用人からでは畑が違いすぎまする。一度は遠国《おんごく》奉行を経験していただかねば」

　加納近江守が首を左右に振った。

　水城家は代々勘定方を歴任してきた。何代か前には、勘定組頭にまで累進している。聡四郎も筋目にしたがって勘定吟味役を経験していた。

「前例、前例。幕府はいつもそうだ」

吉宗が苛立った。

勘定奉行への累進は、勘定吟味役、勘定組頭、遠国奉行を経るというのが慣例であった。それからいけば勘定吟味役を経験した聡四郎は勘定奉行になっても不思議ではないが、問題は御広敷用人へ転じたことである。勘定方から一度外れている。現場から離れ、勘定とはかかわりのない御広敷へ移ったことが、まずかった。勘定奉行の配下たる勘定衆が、今を知らないとして他職からの異動を嫌うのである。百年一日のごとく慣例を言いわけにする役人の自己保身でもあった。

武芸と同じく勘定も修練を重ねないとできない役目である。槍や弓と同じく算盤も、任じられた日から使いこなせるものではない。結果、早いうちから技術を伝承できる親子の間で役職を受け継いでいくやり方が常態となった。

これを筋といい、筋目の家柄が役職を独占した。

当然、婚姻や養子縁組なども筋目の家柄だけでおこなうようになり、他からの介入を嫌い、筋目以外の家を拒むようになっていく。

「前例に準じれば、大きな失敗はない。なにせ繰り返してきたことだからな。たしかにこの利点は認めよう。なれど、いつまでもおなじことを繰り返しては、先へ進まぬではないか」

吉宗の不満は大きかった。

「前例と怠惰、そして諫言することによって処罰されることへの怯懦《きょうだ》。それが幕府を追い詰めている。そのことにまだ勘定方は気づいておらぬ」

「…………」

「いや、気づいていても、なにもせぬ。己がその役目にある間くらいは持つだろう。次に来る者が何とかするだろう。そう甘えているのだ」

吉宗が断じた。

「躬はその愚か者どもを断罪するために、将軍となった。と同時に幕府を延命させるための荒療治を施すためにな」

「お覚悟、畏れ入りました」

加納近江守が手をついた。

「近江守」

「はい」

「ついてくるか」

「どこまでも」

「躬に従うことで、罪を背負い、ようやく戻れた旗本の地位を失うことになるやも知れぬぞ」

御三家の家臣は、その多くがもと旗本か、分家であった。

「上様のお陰で旗本に列しましてございまする。上様のために尽くすのが、加納家の定め。吾が代で絶えようとも、後悔はいたしませぬ」

加納近江守が胸を張った。

「その言やよし」

吉宗が喜んだ。

「そなたと水城が、そして竹がおれば、躬は戦える」

「上様」

加納近江守が感激した。

「見ておれ。躬は禁じ手を使ってでも、幕府の寿命を百年延ばしてみせよう」

強く吉宗が宣した。

三

山城帯刀《やまきたてわき》のもとに見知らぬ御家人から会いたいとの連絡が来た。

「大山儀助《おおやまぎすけ》……知らぬ名じゃの」

「いかがいたしましょう」

首をかしげた山城帯刀に取次《とりつぎ》の藩士が訊いた。

「ふむう」

山城帯刀が思案した。

「……会うだけならばよかろう。気に入らねば、途中で帰せばすむ」

「よろしゅうございますので」

取次の藩士が確認した。

いかに山城帯刀が六代将軍家宣の弟松平清武を当主にいただく館林藩の家老とはいえ、陪臣でしかない。大山儀助がたとえお目見えのできない御家人でも直臣《じきしん》である。直臣に帰れと陪臣が命じることは無礼になった。

「いざとなれば、殿から御用がと言えばいい」

「…………」

主君を出汁《だし》に使うと言う山城帯刀に、取次の藩士が口を噤《つぐ》んだ。

「通せ」

呆然としている取次の藩士を山城帯刀が急かした。

「……はい」

取次の藩士が、首肯した。

「不意の来訪、失礼する」

取次の藩士に連れられて大山儀助がやって来た。

「どうぞ、こちらへ。山城帯刀でございまする」

上座を譲って、山城帯刀がていねいに挨拶を返した。

「拙者は天英院さま付き女中、八重樫《やえがし》の父大山儀助でござる」

「天英院さま付きの……」

山城帯刀が姿勢を正した。

「しかし、天英院さまの御用なれば、いつも書状をいただいておりましたが……」

怪訝《けげん》そうな顔を山城帯刀が浮かべた。

「天英院さまが大奥で負けられたとのことで、書状を出すわけにはいかなくなったそうでござる」

疑問に大山儀助が応えた。

「書状を出せぬ……」

天英院の通信を阻害するなど月光院でもできなかった。

「表使も敵に回ったとのこと」

「……表使まで」

山城帯刀が息を呑んだ。

書状といえども、大奥を出入りするもの。表使の管轄になる。さすがに天英院の書状を差し止める権利も、天英院あての書状を留める権利も表使にはない。だが、誰宛か、どこからかを知ることはできる。それが明らかにされるだけで、天英院が誰を頼ろうとしているか、どのような策を打とうとしているかが推察できた。

「それで、娘から親元への書状を装って、拙者のもとへ天英院さまからのご指示が参りましてござる」

大山儀助が告げた。

「天英院さまからのご指示」

「これを」

厳重に封をされた書状を大山儀助が山城帯刀へ手渡した。

「たしかに……」

「お待ちあれ」

受け取って早速封を開けようとした山城帯刀を大山儀助が制した。

「なんでござろう」

山城帯刀が大山儀助を見た。

「これで拙者は失礼つかまつる」

大山儀助が腰をあげた。

「ご返事は……」

「拙者宛にはお渡しする以外のご指示はござらぬ。よって、これ以上は御免蒙《こうむ》ろう」

「なっ」

面倒はごめんだと言った大山儀助に山城帯刀が驚いた。

「娘も宿下がりさせようと思っておりますれば」

大奥は終生奉公であるが、これは目見え以上の女中だけであった。また目見え以上でも、実家に跡取りがなく、婿を取らなければならなくなった場合、病で療養をしなければならなくなったときは、特例として宿下がりが許された。

「決別されると言われるか。今までご恩恵を受けておきながら」

天英院とのかかわりを断つと暗に告げた大山儀助に、山城帯刀が嚙みついた。

「ご恩というほどのものは受けておりませぬ。大奥へ上がって三年でございますからな。拙者の身分も御家人のまま、禄も増えておりませぬわ」

大山儀助がはっきりと否定した。

「天英院さまがふたたび大奥の主になられたら、お目見え以上になるくらいの褒《ほう》賞《しょう》がございましょう」

早まるなと山城帯刀が翻意を促した。

「もう結構でござる。大山家は三代将軍家光さまのおりからお仕えする譜代の家柄でござる。旗本は先々代の御台所さまではなく、上様へ忠誠を誓う者。上様のご意向に逆らうことはできませぬ」

大山儀助が告げた。

「その上様が簒奪者《さんだつしゃ》だとしても……」

「上様は上様でござる」

山城帯刀の言葉を大山儀助は否定した。

「上様が代わるやも知れませぬぞ」

「謀叛を起こすと言われるか」

大山儀助が気色《けしき》ばんでみせた。

「謀叛ではござらぬ。簒奪を糺《ただ》し、正統に帰すのでござる」

山城帯刀が反論した。

「上様は神君家康さまの曽孫でござる。そのお方を簒奪者というなど、不遜《ふそん》であろう」

「……しかし、六代家宣さまの弟右近将監さまこそ正統」

「知りませぬな。八代将軍が上様でござる」

「右近将監さまが九代さまになられた暁には、千石をお約束いたしましょう」

山城帯刀が欲で釣ろうとした。

「……千石」

大山儀助が喉を鳴らした。

千石は旗本の大きな壁の一つであった。千石をこえれば高級旗本に入り、嫡男が小姓《こしょう》として召し出されたり、将軍の子供の遊び相手に選ばれることもある。大名との婚姻もありえ、出世は約束される。

「いや、身の丈に合わぬ高望みは、かえってよろしくない」

頭をはっきりさせるように強く振って、大山儀助が拒否した。

「これ以上は遠慮させてもらおう」

話を終えると宣して、大山儀助が去っていった。

「…………」

書状を手にしたまま、山城帯刀が沈黙した。

「……まずいな」

しばらくして、山城帯刀が口を開いた。

「天英院さまから人が離れ始めている」

己のために娘を差し出した御家人が、もうかかわらないと宣言していった。

「表使も敵になった」

大奥でもっとも優秀といわれている表使は、時流を見抜く目も持っている。その表使が、天英院の足を引っ張り始めた。

「天英院さまもそれに気づいた」

だからこそ、迂遠《うえん》な手段を選んで、山城帯刀へ連絡してきたのだ。

「……おおっ。まずは書状を確認せねば」

山城帯刀が書状を開いた。

「むううう」

低い声で山城帯刀が唸った。

「この手があったか」

山城帯刀が感心した。

「……とはいえ、恐ろしいことをお考えになる。怒った女というのは、始末におえぬものよな」

小さく山城帯刀が震えた。

「だが、従わねば、儂も館林も破滅じゃ」

山城帯刀が表情を引き締めた。

「誰かおらぬか」

「……なにか」

山城帯刀の声に、襖《ふすま》が開き壮年の藩士が顔を出した。

「伊東白雲《いとうはくうん》を呼べ」

「どこかお悪いのでございましょうや」

壮年の藩士が訊いた。

「要らぬことを申すな。ただ、白雲を呼べばよいのだ」

「……はい」

叱られた壮年の藩士が、急いで動いた。

「お呼びでござるとか」

半刻（約一時間）ほどで、禿頭《とくとう》の老人が現れた。

「来たか、白雲。近くへ」

山城帯刀が、伊東白雲を招いた。

「…………」

無言で伊東白雲が山城帯刀の前に進んだ。

「そなた本道《ほんどう》だけでなく、蘭方《らんぽう》も学んでおるよな」

「いかにも。愚昧《ぐまい》、漢方では対処しにくい病を治すため、阿蘭陀《オランダ》渡りの秘法を身につけております る」

伊東白雲が胸を張った。

「秘法とはどのようなものだ」

「一言では申せませぬな。ただ、そこいらの医師もどきでは決して理解できぬ高みであるとお考えいただきたい」

詳細を求めた山城帯刀へ、伊東白雲がもったいぶった。

「医師は人の命を救う者であるな」

「いかにも」

確認した山城帯刀に、伊東白雲が首肯した。

「ならば、人の命を奪う方法にも詳しいだろう」

「……なにを言われる」

伊東白雲が警戒した。

「病に見せかけて人を殺すことはできるか」

「……そのようなこと、医師たる者がしてよいものでは……」

「儂はできるかどうかを問うておる」

倫理を盾に逃げようとした伊東白雲を、山城帯刀が遮《さえぎ》った。

「…………」

「儂は肚を割って話している。答えぬならば、それなりのことを覚悟せい」

山城帯刀が、懐刀を抜いた。

「ひっ……」

真剣の持つ迫力に、伊東白雲が悲鳴をあげた。

「なにか」

さきほどの壮年の藩士が襖を開けて覗いた。

「なんでもない。下がっておれ」

「……はい」

館林藩を牛耳《ぎゅうじ》っている山城帯刀の命に、壮年の藩士が引っこんだ。

「あっ……」

助けの手を失った伊東白雲が泣きそうな顔をした。

「奥医師《おくいし》になりたくはないか」

「………」

伊東白雲が、山城帯刀を見た。

奥医師は将軍とその家族を診る幕府医師の最高峰である。今大路《いまおおじ》や半井《なからい》といった代々典薬頭《てんやくのかみ》を司る名門旗本もいるが、この両家は名前だけで、実際に将軍の脈をとることはない。奥医師こそ、天下の名医であった。

「奥医師になれば、薬料ははねあがるぞ」

黙った伊東白雲へ、山城帯刀がさらなる誘いを掛けた。

医師というのは僧侶への施しと同じで、診療しても決まった代金をもらわなかった。その代わり、往診料、薬料を請求し、生活を維持している。この往診料、薬料は医師によって違っていた。名医、あるいは評判の医師ほど高くなる。当然、奥医師の往診料、薬料は図抜けて高い。

「知っておるか。三代将軍家光公の奥医師だった奈須玄竹《なすげんちく》は、一度の診察で二千両もらったというぞ」

「……二千両」

伊東白雲が息を呑んだ。

「寵臣堀田加賀守《かがのかみ》の難病を一度で治したとして、堀田家から謝礼千両、そして家光公からも褒美《ほうび》として千両下賜されたそうだ」

実話を例に出しながら、山城帯刀が続けた。

「さすがにこれは特別だろうが、それでも今の数倍はまちがいない」

「……南蛮渡来の薬を使えば」

伊東白雲が落ちた。

「用意できるか」

「今すぐというわけには参りませぬ」

尋ねた山城帯刀に、伊東白雲が首を横に振った。

「手に入れねばならぬものがいくつかございますゆえ……二十日ほどいただきたく」

「いつできる」

「二十日じゃの。わかった」

山城帯刀が認めた。

「では……」

「わかっていると思うが、この話を漏らしたり、逃げたりすれば……」

腰を浮かせた伊東白雲に、山城帯刀が脅しをかけた。

「も、もちろんでございまする」

何度も伊東白雲が首を縦に振った。

「おい」

山城帯刀がもう一度手を叩いた。

「なにか」

藩士が顔を出した。

「そなた白雲に付け」

「……付けとおっしゃいますと」

藩士が首をかしげた。

「逃がさぬように見張れと申しておる。あと、他人との接触もさせるな」

苛立った山城帯刀が、きつい口調で述べた。

「えっ」

伊東白雲が絶句した。

「当たり前だろうが。秘事に近づいた者を野放しにするわけなかろう」

冷たく山城帯刀が告げた。

「……いつまででございましょう」

藩士も顔色を白くしながら尋ねた。

「儂がよいと言うまでじゃ」

期限をはっきり伝えることはできないと山城帯刀が応じた。

「それは……」

藩士が頬をゆがめた。

「わかっておる。一日中一人で見張れなどとは言わぬ。もう一人行かせる」

「……はい」

一人で一人を見張るのは困難であった。人は眠らなければ、心身に異常をきたす。

藩士が安堵したのも当然であった。

「……ご家老さま」

情けない顔を伊東白雲がした。

「さっさと作れば、すぐに終わることだ。わかったならば、さっさと始めよ。材料購入の金は、勘定方へ申せ」

山城帯刀が下がれと手を振った。

四

五摂家は藤原鎌足《ふじわらのかまたり》の血を引く者として同族であった。しかし、千年のときを経ては、他人も同然になる。といったところで、摂関家といわれる名門は近衛、一《いち》条《じょう》、二条《にじょう》、九条《くじょう》、鷹司の五家しかない。通婚もこの五家に天皇家をくわえた間で繰り返すことになる。

近衛基凞と一条兼香《かねよし》も近い親戚と言えた。

「さて、近衛も了承したことやし、そなたの妹を江戸へやるで」

「かたじけのうございまする」

一条兼香の愛妾が頭を下げた。

「気にせんでええ。こっちも得をする話やさかいな」

愛妾の肩を一条兼香が抱いた。

「ご挨拶をさせていただいても」

愛妾が一条兼香にしなだれかかった。

「来てるんかいな」

「はい」

確かめた一条兼香に、愛妾がうなずいた。

「ほな、連れておいな」

一条兼香が許した。

「あい」

愛妾がうれしそうにほほえんだ。

「志保《しほ》、お目見えをくださるそうや」

大きな声で愛妾が呼んだ。

「御免をくださいませ」

庭に面した御簾《みす》をたくしあげて、若い女が入ってきた。

「岩下《いわした》志保でございまする」

敷居際で志保が平伏した。

「おまえの妹やろ。遠慮せんでええ。面を上げ」

一条兼香が顔を見せろと言った。

「畏れ多いことでございまする」

貴人の命は三度要求されるまで、平伏し続けるのが礼儀である。志保はそのまま顔を伏せていた。

「綾女《あやめ》」

一条兼香が愛妾に目をやった。

「すんまへん。志保、御前さまのお言葉や。形だけの礼儀なんぞ、要らんさかい」

姉が妹に注意をした。

「よろしおすのん」

志保が綾女を見た。

「かまへん。御前さまはお心のお広いお方や」

綾女が首肯した。

「志保でございまする」

言われて志保が一条兼香を見上げた。

「おう。綾女に負けず劣らずの美形じゃの」

一条兼香が頬を緩めた。

「御前さま」

綾女が一条兼香の手を摑んだ。

「わかっとるわ。麿《まろ》は、そなた一人で十分じゃ」

一条兼香が綾女の胸へ手を入れた。

「…………」

志保が目を伏せた。

「そなたの役目は心得ておじゃるな」

姉の乳房を弄《もてあそ》びながら、一条兼香が訊いた。

「はい。江戸まで下り、大奥へ入って竹姫さまに閨ごとをお教えする」

志保が答えた。

「…………」

一条兼香が黙った。

「御前さま」

息を荒くし始めていた綾女が、一条兼香の雰囲気の変化に気づいた。

「そのていどかの」

一条兼香がため息を吐いた。

「あの、どういうことでございましょう」

おずおずと志保が尋ねた。

「竹に閨ごとを教えるだけならば、他の者でもできよう。わざわざ京から出さずとも、江戸で手配をすることも容易《たやす》い」

口調を一条兼香が変えた。

「そ、それでは、なにをいたせば……」

「竹に閨ごとを教えるのではない。竹を孕《はら》ませよ」

一条兼香が命じた。

「……子は授かりものでございまする。かならずやご懐妊なさるとは限りませぬ」

志保が怖々ながら反論した。

「なんとかいたせ」

「無理を仰せになられても……」

強要する一条兼香に、志保が戸惑った。

「竹ができぬならば、そなたが産め」

「えっ……」

「なにを……」

一条兼香の言葉に、姉妹が絶句した。

「志保は子なきで戻られたと」

「夫が種なしかもしれんぞ。女は男次第じゃ」

綾女の言葉に、一条兼香が首を振った。

「なにせ、竹は十歳を三つか、四つ過ぎただけであろう。まだ、身体も熟《う》れてはおるまい。いかに、吉宗を受け入れたところで、子はそうそうにできまい」

「…………」

志保は沈黙を守った。

「寵愛が薄れなければ、いつかは懐妊するだろうが、それでは遅いのだ」

「遅いとは、どのような理由でございましょう」

難しい顔をした一条兼香に、志保が首をかしげた。

「吉宗には嫡男がおる」

一条兼香が続けた。

「その嫡男が元服すれば、まちがいなく九代将軍と決まろう。いかに竹が子を産もうとも、幼ければ将軍にはなれぬ。なにせ、徳川には長幼の序という家康の遺言がある」

三代将軍を誰にするかとなったとき、家康は秀忠の推す三男忠長《ただなが》ではなく、次男家光を選んだ。これを故事として、徳川幕府のもとでは長幼の序が絶対となった。

「畏れながら……」

「申せ」

話しかけて良いかとまず訊き、了承を得てからでないと口を開けない。五摂家の当主にはそれだけの権威があった。

「神君家康さまの御遺言があれば、すでに生まれているお方が、九代将軍さまになられるのではございませぬか」

志保が問うた。

「よく気づいたの。閨で賢《さか》しい女は面倒だが、頭の良い女は好ましいぞ」

「畏れ入りまする」

褒められた志保が、一礼した。

「この長幼の序には大きな穴がある」

「穴が……」

「そうじゃ。三代将軍家光と弟忠長は、ともに正室の腹から生まれているのだ」

「同母兄弟……だから長幼の序が生きる」

「うむ」

呟くように漏らした志保に、一条兼香が満足げにうなずいた。

「吉宗の長子は、側室腹じゃ。ゆえに竹が男子を産めば、それが嫡男になる」

「それはわかりましたが、わたくしが将軍の胤《たね》を宿しましたとしても、側室腹。長幼の序で今のお世継ぎさまには勝てませぬ」

志保が首を左右に振った。

「そなたではなく、竹の腹にすればいい」

「…………」

あっさりと言った一条兼香に、志保が目を剥いた。

「聞けば大奥は女の砦《とりで》だそうじゃの。竹の周囲をきっちりと固めてしまい、他人との接触を避ければ、隠し通すことはできよう」

一条兼香が語った。

「しかし、それでも上様には隠し通せませぬ。さすがに将軍と御台所さまの面会を阻害はできませぬし、なにより周囲に違和を抱かせることになりましょう」

志保が否定した。

「それは麿に任せよ」

「御前さまに……」

「簡単なことだ。吉宗は腹心を都にまでよこして、竹との婚姻を望んだ。勅許《ちょっきょ》を求めておるのだ。主上《しゅじょう》より、竹と吉宗の婚姻を命じていただきたいと考えているのよ。さすれば、誰も反対できぬ」

「はい」

天皇の命となれば、五摂家であろうが将軍であろうが従わなければならなかった。

「それを麿が仲立ちしてくれる。その代わり、そなたが孕んだ場合は竹の子にすると約束させるつもりでおる」

「将軍が認めましょうか」

志保が問うた。

「認める。認めなければ、麿も竹との婚姻を反対するからの。なあに、女に惚れた男は、どのようなことをしてでも、想いを遂げようといたすものじゃ」

数百年の間、政の実権を奪われ、することのなくなった公家は、雅《みやび》に走るか恋に落ちるかしかすることがなかった。一条兼香が自信ありげに言った。

「……はい」

否定できるわけはなかった。志保は頭を垂れた。

「わかったな。そちの仕事は、第一に竹に閨ごとを仕込み、吉宗を夢中にさせること。第二に、竹と同じくして吉宗の情けを受け、子を産むことじゃ」

「あの……」

命じた一条兼香に、志保が問いかけるような眼差しをした。

「わかっておる。無事に果たしたならば、そなたの実家に幕府から百石の合力《ごうりき》をもらってくれる」

「ああっ。それだけあれば、皆、満足に過ごせまする」

志保が感激した。

「綾女」

「はい」

顎《あご》で合図された綾女が志保に近づいた。

「御前さまからのご恩情であるぞ」

おごそかに言いながら、袂《たもと》から小判を一枚出した。

「江戸までの費《つい》えにいたせ」

「かたじけのうございまする」

一条兼香の言葉に、志保が小判を押しいただいた。

五

東海道の難所といえば、まず箱根の峠があげられる。では、その次はどこだとなれば、大井川の渡しになる。

大井川は、遠江《とおとうみ》と駿河《するが》を分ける大河である。川幅の広い大井川を、徳川家康は江戸を護る防衛拠点と位置づけ、渡船《とせん》と架橋《かきょう》を禁じた。

また、川渡しを会所に預け、武家であろうが、庶民であろうが、川越《かわごし》人足の手を借りなければならないように決めた。

渡しの人足代は、水の量と渡し方で変わり、人足の脇以上に水が増えたときは禁足となった。

「平蓮台《ひられんだい》と肩車を一人頼む」

大宮玄馬が川会所で金を払った。

肩車は、人足の肩の上に乗って渡してもらうもので、平蓮台は四人の人足が担ぐ手すりなしの戸板のような台で運んでもらうものである。

「どうぞ」

金と引き替えに会所役人が差し出す木札を川の畔《ほとり》でたむろしている人足に渡す。

「どうぞ」

一人が大宮玄馬の前に腰を屈めた。

「頼むぞ」

大宮玄馬が人足の首をまたいだ。

「旦那、こちらへ」

四人の人足が、聡四郎を招いた。

「すまぬの」

聡四郎は平蓮台の上に腰を下ろした。

「行きまっせ」

最初に肩車の人足が川へ足を踏み入れた。

一間（約一・八メートル）ほど空けて、平蓮台がその後を追う。

「水はへそくらいか」

「でござんしょう。最近、雨がそれほどないので」

聡四郎の問いに、人足が応じた。

川の水が多くなれば、人足の動きが鈍くなる。脇下ともなれば、渡りきるまでかなり手間取った。

「ゆっくり参りやすので、ご安心のうえ、お任せくださいやし」

人足が大丈夫だと言った。

「まな板の鯉《こい》だ。向こう岸に着くまでは、任せるしかなかろう」

聡四郎が笑った。

「……来たぞ」

「うむ。そろそろだな」

対岸の渡し場所から少し離れたところで、休息していた二人の藩士が顔を見合わせた。

「やるぞ」

「おう」

二人の藩士が、河原に伏せておいた弓を拾いあげた。

「外すなよ」

「おぬしこそ」

矢をつがえて二人が、聡四郎と大宮玄馬を狙った。

長弓は五十間（約九十メートル）届く。とはいえ、これはそこまで届くというだけの話であり、必中の距離は三十間（約五十四メートル）ほどであった。もっとも本人の技量での差が大きく、十間（約十八メートル）でも外す者は外す。とくに動いている目標は厳しい。

「一矢《いっし》で仕留める」

「…………」

弓は剣以上に心を落ち着かせ、集中しなければ当たらない。初矢で決めなければ、対応されてしまう。

「お気をつけあれ」

大声の警告が飛んだ。

「玄馬」

「殿」

襲われなれている聡四郎と大宮玄馬である。どこから襲い来るかとか、なんだとか、周囲を見回すようなまねはしなかった。

「はっ」

大宮玄馬は、人足の肩を手で押して、跳んで離れた。そのまま川へ落ちた。

「弓か」

平蓮台の上に座っていた聡四郎は、邪魔になる太刀を腰から抜いて右手に持っていた。

「えい」

気づけば矢を弾くのはさほど難しいことではない。聡四郎は平蓮台の上で矢を打ち払った。

「旦那、暴れねえでくださいや」

人足が文句を付けた。

「気を付けよ。弓矢だ」

聡四郎は人足たちに注意をうながした。

「弓矢、どういうことで」

「冗談じゃねえ」

人足たちが顔色を変えた。

「動くな。殿を水に落としたら、許さぬ」

濡れながら立ちあがった大宮玄馬が、人足を怒鳴りつけ、対岸へと走った。

「ちっ。外れた」

「次だ」

弓手二人が、ふたたび矢を放った。

「当たるか」

大宮玄馬は大きく右へ跳んで、矢を避けた。

「来るとわかっていれば、防ぐのは難事ではない」

聡四郎は二の矢もはたき落とした。

「くそっ。用人ではなく、人足を狙え。川に落とせば防ぎようもなくなる」

「承知」

三本目の矢を二人が手にした。

「させぬ」

弓手二人の背後から殺気が溢《あふ》れた。

「なにっ」

「えっ」

後ろから手裏剣が二人の背中に刺さった。

「ぐああ」

「つううう」

背中は致命傷になりにくい。とはいえ、もう矢を射るだけの力はない。二人の手から弓が落ちた。

「こいつ」

大宮玄馬が川から対岸へあがった。走りながら脇差を抜き、背後からの襲撃に対応しようと振り向いた弓手二人に迫った。

「ぬん」

大宮玄馬が脇差を振るった。

「ぎゃっ」

背中を割られた弓手の一人が苦鳴をあげて倒れた。

「後ろからとは卑怯なり」

もう一人があわてて大宮玄馬へ顔を向けようとした。

「命の遣り取りに卑怯などない」

大宮玄馬が一顧《いっこ》だにせず、脇差を突きだした。

「あっ」

脇腹を貫かれてもう一人も絶息《ぜっそく》した。

「出てこい」

倒れた二人の弓手を気にせず、大宮玄馬が警戒した。

「玄馬……」

ようやく平蓮台が岸に着いた聡四郎が大宮玄馬の隣に位置を取った。

「敵ではござらぬ」

少し離れた窪地から、一人の侍が姿を見せた。

「誰だ」

「山崎伊織の手の者でござる。松葉とお呼びくだされ」

松葉が両手の手のひらを見せながら、近づいた。

「郷の者か」

「さようでございまする」

確かめた聡四郎に、松葉が首肯した。

「山崎はどこに」

聡四郎は辺りを見回した。

「なにやら調べることがあると池鯉鮒の宿場から別行動なされておりまする」

「別行動……」

松葉の言葉に聡四郎は首をかしげた。

「お覚えでございましょう。宿はずれに刺客たちが乗ってきた馬がございましたことを」

「たしかに、馬が繋《つな》がれていたな」

聡四郎は思い出した。

「あの馬を解き放ち、どこへ戻るかを見届けると」

松葉が告げた。

「なるほど。馬は頭がよい。放されたら、飼い主のもとへ帰るか」

聡四郎は納得した。

「郷の者ならば、もう一人おるはずじゃ」

山崎伊織に十両渡したのは、大宮玄馬である。

大宮玄馬が脇差を松葉に擬《ぎ》したまま、目を周囲に飛ばした。

「他の罠《わな》がないかどうか調べるため、先に行かせましてございまする。なにもなければ、箱根の関所で待っておりまする」

松葉が述べた。

「一つ訊こう。仕事の間、大丈夫だな」

裏切ることはないのかと聡四郎は問うた。

「それを致せば、伊賀の郷に仕事を頼むお方はいなくなりまする」

裏切りは郷を滅ぼすと松葉が首を横に振った。

「わかった。玄馬」

「……はい」

まだ緊張していたが、聡四郎の指示に従って、大宮玄馬が退いた。

「なにごとでございましょう」

そこへ川会所の世話役がやってきた。大井川でのもめ事は、川会所が扱う決まりであった。

「御上御広敷用人水城聡四郎である。上様の御用を受けての途中、狼藉者《ろうぜきもの》に遭遇いたしたゆえ、討ち取った」

「御上お役人さま……」

世話役が驚いた。

「ですが、人二人が死んでおりまする。畏れ入りまするが……」

「御用中である。なにかあれば、江戸本郷御弓町まで訪ねて参れ」

聡四郎が世話役の申し出を途中で遮った。

「……………」

将軍家御用を盾にされてはどうしようもなかった。

「参るぞ」

黙った世話役を放置して、聡四郎は大宮玄馬と松葉を連れて進発した。

第四章　郷と江戸

一

約束した日よりも早く、伊東白雲が山城帯刀の前に現れた。

「できたか。日限《ひぎり》前とは見事である」

山城帯刀が褒めた。

「……はい」

目の隈《くま》を濃くした伊東白雲が、手にしていた薬箱を開けた。

「これでございまする」

引き出しの一つから、伊東白雲が油紙の包みを差し出した。

「……貸せ」

山城帯刀が奪うようにして手に取った。

「もどかしい」

何重にもくるんだ油紙を引きちぎるようにして、山城帯刀が開いた。

「これか」

なかから小さな紙包みが出てきた。

「はい」

短く伊東白雲が応じた。

「これで何回分だ」

「大人なら一人、子供なら二人分でございまする」

問われた伊東白雲が答えた。

「少ないな。なぜ、もっと作らなかった」

山城帯刀が不満を口にした。

「材料が足りませぬ」

伊東白雲が首を横に振った。

「買えばよかろうが」

「無理でございまする。これに使ったものは、阿蘭陀渡りの黄梛《キナ》でございまする。

これは、長崎《ながさき》でなければ手に入りませぬ。なんとか一回分だけは、江戸中の薬種商を回って買い取りましたが、それ以上は」

無理を言うなと伊東白雲が反論した。

「長崎……阿蘭陀渡りか。ならば、奥医師にはわかるまい」

「少なくとも漢方の本道医ならばまず無理でございましょう。南蛮医術を修めた蘭方医がおれば気づくかも知れませぬが……」

伊東白雲が保証した。

「それならば大事ない。西の丸医師に蘭方医はおらぬ」

「西の丸……まさか」

迂闊《うかつ》に山城帯刀が漏らした言葉に、伊東白雲が驚いた。

「お世継ぎさまに……」

「わかっていたろうが、わざとらしい」

その態度に山城帯刀があきれた。

「殿が上様になり、そなたが奥医師になる。それには一つしか方法がなかろうに。しかし、残念な。子供二人分では、本丸と西の丸の二つを同時に潰せぬな。まあ、当初の目標は果たせるが」

「…………」

伊東白雲が沈黙した。

「何カ月あれば、もう一つ作れる」

「長崎まで買い付けに行かねばなりませぬゆえ、早くとも三月《みつき》はかかりましょう」

訊かれた伊東白雲が計算した。

江戸から京まで、大井川の川留めなどがなければ、およそ十日ほどで行ける。そこから船を使って博多《はかた》へやはり六日ほど、博多から運が良ければ船で二日、陸路ならば四日あれば長崎に着く。それでも片道でほぼ一カ月かかる。そのうえ、薬の手配がある。最短で江戸へ戻ったとしても二カ月半は要った。

「わかった。人をやる。黄梛という薬を買えばいいのだな」

山城帯刀が述べた。

「わたくしが参りまする」

「それはならぬ」

長崎まで出向くと言った伊東白雲を山城帯刀が制した。

「そなたは江戸屋敷に詰めておれ」

冗談ではないと、山城帯刀が禁足を命じた。

伊東白雲が山城帯刀を見た。

「……よろしゅうございますので」

疲れ果てた顔ながら、眼《まなこ》だけは炯々《けいけい》と光らせた伊東白雲が山城帯刀を見た。

「なんじゃ」

山城帯刀が身構えた。

「黄梛が本物か偽物かを見抜けるのは、愚昧だけでございますぞ」

伊東白雲が告げた。

「むっ……それは長崎の薬種問屋に命じれば……」

「薬種問屋でも見分けられましょうか」

「商いであろう。本物かどうかくらいはわかるはずだ」

山城帯刀が話した。

「黄梛はまだ新しい薬でございまする。南蛮で見つけられて、まだ六十年ほどとか。本朝に入ってきたのは、五代将軍綱吉さまのころ、阿蘭陀商館の商館長が爪の先ほどを持ちこんだのが最初とか。それ以降、何年かに一度商館長が代わるごとに入ってきているとかいないとか。とても町中の薬種商に出回るとは思えませぬ」

「それほど珍しいのか」

「何度も申したはずでございまする」

伊東白雲が首肯した。

「効くのだろうな」

「もちろんでございまする。これを飲めば、腹を下し、高熱を発し、やがて心の臓が疲れ果てたかのように弱って死に至りまする」

大丈夫だと伊東白雲が語った。

「そんな危ないものを、阿蘭陀商館長はなぜ持っている」

当然の疑問を山城帯刀が口にした。

「適量使えば、風土病に効能顕著なのでございまする。阿蘭陀から本朝ははるか遠くございまする。本朝の者はかからないが阿蘭陀人には症状が出る病などあるやも知れませぬ。南蛮から東洋の果てまで赴任《ふにん》しなければならなくなった商館長が、最新の薬を持ってきたくなるのは当たり前のことかと」

「なるほどな。毒も上手く使えば薬になるか」

「いいえ。薬が使い道、量をまちがえば、毒になるのでございまする」

山城帯刀の納得を、伊東白雲が訂正した。

「どっちでもよいわ。ようは効けばいい」

山城帯刀が仔細を打ち切った。

「しかし、いかに偽物を摑まされぬためとはいえ、そなたを長崎へやるわけにはいかぬ」

江戸から長崎は遠い。そして旅路は危険であった。天候の悪化、盗賊、山賊の類《たぐい》、不慮《ふりょ》の事故と、生きて帰ってくる保証はどこにもなかった。なにより、道中の間に、隙を見て逃げられては大事になる。

「では、できかねまする。偽物では効果を発揮いたしませぬゆえ」

「むうう」

山城帯刀が唸った。

「一回分では、効果があるかどうかの試しができぬ。また、しくじったときの予備がない」

「試し……一体どこでなさるおつもりか」

伊東白雲が目を剝いた。

「……牢における死罪人《しざいにん》を使えばいい」

「死罪人でござるならば……」

少し間のあった山城帯刀に伊東白雲がしぶしぶ退いた。

「どうにもならぬのか」

もう一度山城帯刀が伊東白雲に念を押した。

「なりませぬ。愚昧が長崎に行くしかございませぬ」

「……二月《ふたつき》以上……そんなには待てぬ」

天英院の指示は、すみやかに、新年までにとの要望である。山城帯刀が小さく首を左右に振った。

「勝負をかける。失敗しても次はない」

山城帯刀がきっと顔をあげた。

「…………」

無言で伊東白雲が山城帯刀を見つめた。

「これすべてを飲ませれば……大人一人だな」

「普通の体格であれば」

「……普通の体格だと」

条件をつけた伊東白雲に山城帯刀が怪訝な顔をした。

「薬は身体の大きな者には効きにくうござる」

「そんな話は聞いておらぬぞ」

山城帯刀が怒った。

「常識でござる。小柄な女と大柄な男、これが同じ量とはいきますまい。食べる米の量も違いましょう」

伊東白雲が知っていて当然だろうと言った。

「これでは、大柄な男には十分ではないと……」

吉宗は頭一つ他人よりも抜きん出るほど大きい。

「効果は出ましょうが、確実に死に至るとは申せませぬ。いえ、無理でござる」

伊東白雲が応じた。

「直接はやはり無理か。もう少しあれば親子同時に仕留められたものを」

無念そうに山城帯刀が薬包を見た。

「もうよろしいでしょうや」

帰っていいかと伊東白雲が尋ねた。

「ああ、ご苦労であった」

山城帯刀が伊東白雲へ目をやった。

「奥医師就任のこと、よろしくお願いをいたしまする」

伊東白雲が手をついて、下から窺《うかが》うような目で山城帯刀を見あげた。

「……わかっておる」

またもや山城帯刀が間を空けた。

「では……」

伊東白雲が立ちあがった。

「……ご家老さま」

しばし悩んだ伊東白雲が、山城帯刀へ声を掛けた。

「なんじゃ」

立ったままの無礼に山城帯刀が不機嫌そうに眉をひそめた。

「そのお薬は、湿気を嫌いまする。厳重に油紙へ包んで保存くだされ」

言い残して伊東白雲が出ていった。

「おい」

「はっ」

部屋の隅で控えていた藩士に山城帯刀が声をかけた。

「人知れず、片付けておけ」

伊東白雲の去った方向へ、山城帯刀が首を振った。

「……よろしいのでございますか。次ができなくなりまするが」

藩士が山城帯刀の手にある薬を見た。

「かまわぬ。どうせ、一度しか使えぬ手だ。成功しても失敗しても、警戒は厳重になるからの」

山城帯刀が淡々と言った。

「……承知いたしましてございまする」

藩士が頭を垂れて、伊東白雲の後を追った。

「さて、これをお方さまにお届けするとしよう。西の丸にも天英院さまのお声掛かりはおろう。ここから先は、儂の手に余る」

山城帯刀が厳重に薬を包みなおした。

二

藤川義右衛門は伊賀の郷へ入った後、気配を消して村の様子を探った。

「男の姿が少ない」

あきらかに山崎伊織より遅れている。すでに郷が山崎伊織の手で攻略されていると考えて、藤川義右衛門は慎重になっていた。

「儂が初めて郷に来たとき、男衆は二十人近くいた。それが今、確認できるのは六人。用人と従者に討たれた四人、江戸へ郷長が連れ出した連中をくわえても、少なすぎる。何人かは郷を離れたと見るべきだ」

藤川義右衛門は三日、忍んだ。

「このままでは埒《らち》があかぬ」

二人の男が、郷を離れ山へ狩りに出かけていくのを見届けた藤川義右衛門は、思いきって姿を現した。

「なにものぞ」

気配を明らかにした瞬間、誰何《すいか》の声が飛んできた。

「御広敷伊賀者組頭であった藤川義右衛門じゃ。知っておろう」

「……きさまか」

名乗りを上げ、覆面を取った藤川義右衛門に、谷助が嫌な顔をした。

「なにしに郷へ来た。仕事の依頼か」

谷助が問うた。

「随分減ったな」

答えずに、藤川義右衛門が言った。

「仕事が多いからの」

谷助が嘯《うそぶ》いた。

「御広敷伊賀者が来たな」

「……それがどうした」

藤川義右衛門のかまかけに谷助がのった。

「いつだ」

「昨日じゃ。用人の警固として二人」

仲間を殺された恨みが強い谷助が、詳細を答えた。

「一日遅れたか……」

藤川義右衛門が唇を噛んだ。

「で、おまえはなにをしに来た」

「仕事の斡旋《あっせん》じゃ」

「斡旋……どういう意味だ」

怪訝な顔で谷助が問い返した。

「いつまでも郷にいてよいと思っておるのか。いつまでも他所から仕事をもらうのを待っているだけでよいのか。死ぬ思いで身につけた技を朽《く》ちさせていくだけの日々を続ける気か」

「忍を虚仮《こけ》にする気か」

谷助が指笛を鳴らした。

「……どうした」

「そやつは」

あっという間に藤川義右衛門が四人の男に囲まれた。

「忍は衆に優れた者であろう。他人ができぬ技を身に付けている。かつて伊賀の忍は、一人で並の武士十人に匹敵するとまで言われていた。それが、食うや食わずでよいのか」

「よいわけなかろう。だが、他に方法がない」

谷助が言い返した。

「それを儂は提供しようというのだ」

「きさまに仕えろとでも言う気か。幕府に敵対して、逃げているきさまに。他人の心配をするより、己がどうやって生きのびるかを考えたほうがよかろうぞ」

別の郷忍が嘲弄《ちょうろう》した。

「…………」

無言で藤川義右衛門が懐の金包みを地面に投げつけた。

「こ、これは……」

「小判……」

紙包みが破れ黄金色が拡がった。

「二十五両の金包み、これが今、儂の懐にあと三つある」

小判五百三十両だと二千百七十三匁《もんめ》（約八・一五キログラム）になる。いかに忍といえどもそれほどの重さを懐にしていれば動きが鈍る。藤川義右衛門は、そのほとんどを伊賀に入る前に隠して来た。

「…………」

百両持っていると告げた藤川義右衛門に、郷忍たちが呆然とした。伊賀者が生涯見ることのない大金であった。

「しかもこの金は、十日たらずで手に入ったものだ」

「十日……」

一両あれば四人が一カ月喰える。百両あれば、郷全体が一年近く生きていける。

郷忍たちが息を呑んだ。

「どうだ金が欲しくはないか」

「なにをすればいい」

谷助が訊いた。

「江戸へ出てこい」

藤川義右衛門は、引き抜きを口にした。

「……江戸へ。郷長が出ているぞ」

藤川義右衛門の指示に、谷助が疑問を呈した。

「郷とは縁を切ってもらう」

「なんだと」

「落ち着け。こんな山奥にこだわってもしかたなかろう。江戸に出れば、いくらでもよい生活ができる。今見せた金が、毎月とは言わぬが、年に何度かは手に入る」

憤りかけた谷助に藤川義右衛門がもう一つ金包みを放り出した。

「……ごくっ」

音を立てて散った小判に、谷助たちが唾を呑みこんだ。

「どうすればいい」

谷助が藤川義右衛門に問うた。

「江戸の闇を支配する手伝いをしろ」

「……江戸の闇を」

「そうだ。頼まれて人を脅す、さらう、殺す。それら儂が仲介した仕事をしてもらう」

藤川義右衛門が話した。

「御法度《ごはっと》を犯せと」

谷助が藤川義右衛門を見た。

「そのぶん金をもらえる。なにより、その手のことは忍の得意とするところであろう」

藤川義右衛門がさらに盛りあげた。

「御上に……」

「捕まるような間抜けに声はかけぬ。町方に負けるほど郷忍はなさけないのか」

「そんなことはない」

谷助が否定した。

「しかしだな……」

「決断できぬ者は要らぬ。今までを捨てて、儂についてくる者だけでいい」

冷たく藤川義右衛門が宣した。

「………」

藤川義右衛門の死角にいた郷忍が、気合い声を発することなく襲いかかった。

「いきなり金を狙って来る。忍らしいやりようは好ましいが、そのていどの腕ではな」

振り向きもせず藤川義右衛門が手を振り、襲いかかった郷忍が声もなく落ちた。

「寒蔵《さむぞう》。無茶なまねを」

顔から棒手裏剣を生やして絶命している仲間に、谷助が嘆息した。

「どうする。江戸に来るならば、仕事のない月でも二両払おう。そして仕事があれば、その請負金の半分をくれてやる。まあ、仕事によって嵩《かさ》は違うが、殺しならば少なくとも一人十両だからな。五両になる」

死んだ郷忍を見もせず、藤川義右衛門が言った。

「掟はどうなる」

「伊賀の掟より、闇の掟が上になる」

「むっ……」

尋ねた谷助が、答えに唸った。

「仕事が優先だ。だが、仕事のない日になにをしても、儂は咎めぬ」

藤川義右衛門が谷助を見た。

「……用人を討ちに行ってもよいと」

「仕事のないときであればな」

「おぬしの恨みは……」

「儂は江戸の闇を支配する。わかるか。江戸の表は将軍のものだが、闇を手にすれば裏は儂のものになる。いわば、夜の将軍だ。たかが御広敷用人など、いつでもどうにでもできる。いや、小物など気にもならぬ」

「相手にせぬと」

「ああ」

念を押すように訊いた谷助に、藤川義右衛門が首肯した。

「どうだ。儂が闇の将軍となれば、おまえたちも闇の旗本くらいにはしてやるぞ。金に不自由はさせぬ」

「……わかった。金はもらうぞ」

もう一度誘われた谷助が手を伸ばした。

「…………」

生き残った二人の郷忍も続いた。

「今おらぬ二人はどうする」

「郷を維持せねばならぬ。悪いが二人には残ってもらう。郷がなくなれば、忍の技を伝承する場がなくなるのでの。この金を渡せば、文句は言うまい」

離れている二人のことを問うた藤川義右衛門に谷助が首を左右に振った。


大井川での襲撃以降、聡四郎たちは追っ手に気を配りながら先を急いだ。

駿府《すんぷ》でようやく山崎伊織が合流した。

「追いつきましてござる」

「ご苦労であった」

「馬は犬山へ帰りましてございまする」

ねぎらった聡四郎に、山崎伊織が報告した。

「犬山といえば、成瀬隼人正どのだな。ふむ附家老か……」

聡四郎は嘆息した。

「家康公のお血筋を護るために附家老はある」

「と聞きまする」

山崎伊織も同意した。

「やはり吉通公の死には……」

「表沙汰にできないことがあるのだろうな。ただ、これ以上は調べきれぬ」

御広敷用人には、御三家へ何か言うだけの権はない。

「探りましょうや」

山崎伊織が犬山城に忍びこもうかと提案した。

「いや、上様のご指示を仰ごう。ご入り用となれば、あらためて命が御広敷伊賀者に下ろう」

御広敷伊賀者を預けられたとはいえ、聡四郎に任せられたのは竹姫の安寧《あんねい》だけであり、それ以上の探索となれば、管轄外でするには吉宗の許可が要った。なによりそのような暗闘は聡四郎の手に余った。

「御庭之者《おにわのもの》ではなく、我らに」

幕府伊賀組は、吉宗が紀州から連れて来た御庭之者に探索御用を奪われていた。

「ここまで調べておるのだ。いまさら御庭之者はなかろう。御庭之者にさせれば、また一から動くことになる」

吉宗は無駄を嫌う。聡四郎は大丈夫であろうと推測を述べた。

「ありがたし」

山崎伊織が喜んだ。

表沙汰にできないのが隠密の仕事である。目立ってはならないことほど金を喰う。さらに使った先を明らかにしなくていいのだ。探索方はやりようによっては、大きな余得を生んだ。

そして、その余得で幕府伊賀組は少ない禄の補塡《ほてん》をしていた。御庭之者に探索方を奪われたままでは、近いうちに伊賀者は窮乏《きゅうぼう》する。

「今は、無事に江戸へ戻ることを最重要といたす。御広敷用人の仕事はなにより竹姫さまのおため」

聡四郎は竹姫を放置していることを怖れた。

「承知いたしましてござる」

「では、拙者は鬼次郎と打ち合わせをいたして参りましょう」

松葉が腰を上げた。

「箱根であろう、待ち合わせは。まだ早かろう」

聡四郎が疑問を呈した。

駿河府中《ふちゅう》から箱根までは二十里（約八十キロメートル）以上あった。

「今から走れば、明後日朝までには戻れましょう」

たいした距離ではないと松葉が述べた。

「箱根でなにもなければ、鬼次郎を品川《しながわ》まで先行させまする」

「品川まで……江戸から刺客が出てくると」

聡四郎が問うた。

「馬が帰ったことで襲撃の失敗を知ったでしょう。しかし、今から第二陣を出しても追いつけますまい。また、第一陣をこえるほどの腕を持つ者がそうおるとは思えませぬ」

「たしかにな」

松葉の推測を聡四郎も認めた。

「ですが、飛脚《ひきゃく》となれば別でございまする。成瀬家におるかどうかは知りませぬが、加賀前田《まえだ》家には金沢《かなざわ》と江戸を二日で走る足軽継《あしがるつぎ》という飛脚がおるやに聞きまする。それでなくとも金に糸目をつけなければ、一昼夜交代で飛脚を走らせれば……」

「我らを抜き去って、江戸へ書状を届けられる」

「はい」

聡四郎が口にした答えに松葉が首を縦に振った。

「とはいえ、さすがに箱根まで出ては来られますまい」

駿河府中から箱根を越えて小田原まで三日で足りる。剣術使いと忍の一行である。その気になれば夜通し歩いて二日でも行ける。もっとも箱根の関所が朝六つから暮れ六つまでしか開いていないため、実際できない話ではあった。

「品川よりこちら、六郷《ろくごう》の渡しくらいまでなら出られよう」

聡四郎が懸念を口にした。

六郷の渡しは東海道の八幡塚《はちまんづか》村と川崎《かわさき》宿の間を流れる多摩川《たまがわ》を渡すもので、大井川と違い渡船《とせん》を利用する。

「船の上も動きが取りにくうございまする」

大宮玄馬も難しい顔をした。

「二度も同じ手は取りますまい」

松葉が否定した。

「まあ、こちらも警戒するな。たしかに」

聡四郎も六郷の渡しでの手立てを考えていた。幸い、こちらは先に一人出ていても、四人いる。最初に松葉と大宮玄馬を行かせ、川崎宿側の岸をあらためさせる。その間に、聡四郎と山崎伊織が八幡塚村側を警戒、何事もなければ渡る。

「それよりは、江戸が近くなったところで襲うほうが……」

「帰ってきたと油断したところを狙うか」

松葉の意見に聡四郎は腕を組んだ。

「品川は江戸ではございませぬ」

山崎伊織も同意した。

品川は東海道第一の宿場であった。が、日帰りで品川まで昼餉を摂りに行く庶民がいるほど江戸に近い。いや、拡大し続ける江戸に呑みこまれているといえる。

しかし、品川は江戸ではなく、その治安は専門家といえる町奉行所ではなく、素人に近い品川代官に依託されている。さらに街道だというのもあり、武家がまとまっていても不思議ではなかった。

「殿……」

ふと思い出したように大宮玄馬が聡四郎を見上げた。

「どうした」

聡四郎が発言を促した。

「品川といえば、あの者がおりまする。宿場の様子を探ってもらってはいかがでございましょう」

名前を出さずに、大宮玄馬が進言した。

「ふむう」

大宮玄馬が口にしたのが、紅の父、相模屋伝兵衛《さがみでんひょうえ》のもと配下で、今は品川で茶店をしている伊之介《いのすけ》のことだと、聡四郎は思い当たった。かつて初めて京へ聡四郎たちが上ったときに同行、道中での対応などを教示してくれた。

「茶店の主か……」

信用のおけない郷忍の前で伊之介の名前を出さなかった大宮玄馬の心得に、聡四郎も応じた。

「たしかにあの者に言えば、品川のことは手に取るようにわかろうが、これは上様の御用である。上様御用を町人に預けるわけにはいかぬ」

巻きこみたくはないと聡四郎は首を振った。

「注意したほうがよさそうだな。そなたの進言どおりにしよう。任せる」

聡四郎は松葉の提案を呑んだ。

「では、早速に。拙者は箱根の関所前でお待ちいたしまする」

すっと松葉が消えた。

「よろしいのでございますか」

大宮玄馬が松葉の消えた後を見ながら口を開いた。

「郷忍が信用できぬと」

すぐにその意味するところを山崎伊織がくみ取った。

「さようでござる。雇われたとはいえ、殿と拙者を襲い、返り討ちにあったとして、女を刺客として出す。そして今度は味方だと加わっている。あまりに節操《せっそう》がなさ過ぎましょう」

大宮玄馬が不信を露《あら》わにした。

「それが伊賀という土地の柄だと思っていただくしかありませぬ」

問うた大宮玄馬ではなく、聡四郎へ山崎伊織が告げた。

「依頼の間は裏切らぬ……か」

「はい。かつて関ヶ原の合戦の端緒、伏見城の戦いがおこなわれたとき、家族を人質に取られた甲賀者は寝返りましてござるが、伊賀者は最後まで戦い抜きましてございまする」

呟くように言った聡四郎に、山崎伊織が付け加えた。

「百年以上も前の話を」

古すぎると大宮玄馬があきれた。

「昔の話ではございませぬ。今でも伊賀の郷は、その流れのなかで生きておりまする。いえ、そうするしかないのでございまする。伊賀では喰うだけの米が穫れませぬゆえ」

生活のためだと山崎伊織が述べた。

「玄馬」

「はっ」

呼びかけられた大宮玄馬が、少し頭を垂れた。

「山崎を信じよ。もし、吾が江戸まで無事に戻らねば、上様はどうなさる」

「お怒りになりましょう」

好きな女を手に入れる手段を一つ失うことになる。吉宗が怒るのは確かであった。

「そのとき上様はどうなさると思う」

「……それは」

大宮玄馬が山崎伊織を見た。

「藤川義右衛門の謀叛に続いて二度目の失態じゃ。御広敷伊賀者は潰されよう。いや、幕府伊賀者は終わる」

「…………」

告げる聡四郎に、山崎伊織が沈黙で肯定を示した。

「では、裏切りはないと」

「させませぬ。万一のときは、わたくしが討ち果たしまする」

確かめた大宮玄馬に、山崎伊織が断言した。

「わかりましてございまする」

大宮玄馬が退いた。

「……ただ」

山崎伊織が口籠もった。

「わかっておる」

続けようとした山崎伊織を聡四郎が制した。

「伊賀の郷忍が吾を護るのは江戸まで。屋敷に入った瞬間、約束は終わる」

「それは……」

「おわかりでございましたか」

言った聡四郎に、大宮玄馬が驚愕し、山崎伊織が感嘆した。

「約束は守る。それは裏返せば、それ以上はないということだ」

「それでは、やはり信用すべきでは……」

話した聡四郎に大宮玄馬が迫った。

「ここで縁を切ってみろ。今晩から夜襲を警戒せねばならなくなるぞ」

聡四郎はかえってまずいと大宮玄馬を諭した。

「はあ……」

「この話はここまでじゃ。これ以上は山崎を誹謗《ひぼう》することになる」

郷忍を雇えと勧めたのは山崎伊織である。聡四郎は大宮玄馬を押さえた。

「そのようなつもりではございませぬ。ご無礼をつかまつった」

大宮玄馬が詫びた。

「気にせずともよろしい。疑うのは無理ないこと」

山崎伊織が手を振った。

三

箱根で松葉の出迎えを受けた一行は、先を急いだ。

神奈川《かながわ》の宿場を早朝に出た聡四郎たちを、六郷の渡し場で鬼次郎が待っていた。

「来たか」

松葉が鬼次郎に問うた。

「ああ。対岸に一人先見《さきみ》がいる。本隊は品川宿を出たところで待ち受けておる」

鬼次郎が答えた。

先見とは斥候《せっこう》のことだ。本隊より先んじ、敵の位置、速度、人数などを確かめる役目であった。

「敵の数は……」

山崎伊織が尋ねた。

「先見を入れて六人」

鬼次郎の答えに、聡四郎は怪訝な顔をした。

「池鯉鮒で六人いた。その後弓が二人……合わせれば八人だ。それよりも少ないとは、失敗を経験としていないのか……」

「その八人を超える腕を持つ者が、それだけしかいないか」

聡四郎の疑問に大宮玄馬が一つの答えを出した。

「成瀬家は三万七千石。となれば家臣は二百少し。江戸には六十人ほどいればいいほうでござろう。だとすれば六人は多いほうでは」

山崎伊織が述べた。

最後の戦いといわれる大坂の陣から百年近い。実際に戦場を知っている者はもちろん、話を聞いた者でさえ、すでにこの世にはいなくなっている。武家の本業であるべき武芸よりも、文筆が重要視される泰平の世である。六十人のなかに六人、戦えるだろうと思われる者がいるだけで、昨今の大名の中では出色といえた。

「十分注意して進む。そうとしか言えぬ」

聡四郎は進発を指示した。

六郷の渡しを過ぎると品川まで三里（約十二キロメートル）ほどになる。聡四郎たちの足並みならば、一刻《いっとき》（約二時間）ほどであった。

「品川に入りまする。先に、鬼次郎」

松葉が鬼次郎を誘って先行した。

「では、拙者は後を」

山崎伊織が五間（約九メートル）ほど下がった。

「玄馬、先走るな。落ち着け」

「……………」

聡四郎の注意に、大宮玄馬は答えなかった。

品川の宿場は、大きく分けて二つになる。目黒川《めぐろがわ》より南にあるのが従来からある品川宿、渡って北側に拡がるのが茶屋町であった。茶屋町はその名の通り、料理や遊女を扱う見世《みせ》が立ち並んだところで、ここで江戸庶民は遊んだ。

「来たぞ」

茶屋町の江戸側外れに近い一軒に、侍が駆けこんだ。

「どれだ」

街道筋を見下ろせる座敷に陣取っていた侍が身を乗り出した。

品川の茶屋は、海を見ての宴席を楽しめるように、張り出した床を持つ見世が多い。この見世もそうであった。

「どれだ。人数が合わぬものばかりだぞ」

顔を出した侍が駆けこんできた侍に問うた。

「四条氏《しじょううじ》、四人ではない。二手に分かれておる」

駆けこんできた侍は鬼次郎の合流を知らなかった。

「二人ずつか……あれとあれだな」

四条と呼ばれた侍が、松葉らと聡四郎たちを見つけた。

「どれだ」

「ほう」

他の侍も床まで来た。

「おろかだの。勝田氏らを退けたと聞いたゆえ、相当な腕利きだと考えていたが……戦力を分散するなど……」

四条があきれた。

「間に割りこんで、確実に分断しよう」

動かなかった初老の侍が策を口にした。

「四条、泉田《いずみだ》、そなたたちは後から来る二人を抑えておけ」

「はっ」

四条と泉田がうなずいた。

「残りは、儂と一緒に前の二人をやる」

「承知」

残った侍たちが唱和《しょうわ》した。

「この任を無事に果たせば、剣術指南役の役目に推挙してくれる」

初老の侍が告げた。

「おう」

五人が歓喜の気合いをあげた。

「そろそろ来そうだな」

伊賀者は気配に敏《さと》い。松葉が独り言のように呟いた。

「ああ」

鬼次郎が応じた。

「後ろには……」

「合図だけでよかろう」

松葉が右手を小さく挙げた。

「殿、松葉が手を挙げました」

「気を付けろという意味だろう」

予定にない動きがなにかの合図だということくらいは、すぐにわかる。

遊客の多い品川の宿場茶屋町とはいえ、昼前だと人通りは少ない。

「行くぞ」

茶屋から飛び出してきた侍たちは道行く人に邪魔されず、策どおりの布陣をした。

「りゃりゃ」

「おうやあ」

四条と泉田が、聡四郎と大宮玄馬に太刀を向けた。

「玄馬、遠慮は要らぬ」

いい加減、聡四郎は頭に来ていた。

「はい」

大宮玄馬が脇差を抜いた。

入江無手斎《いりえむてさい》から小太刀の一流を許されたほどの大宮玄馬である。小柄な身体つきもあり、刃渡りの長い太刀より、取り回しの利きやすい脇差を得意としている。

「参る」

大宮玄馬が突っこんだ。

「右側を受け持つ」

「承知」

四条と泉田が大宮玄馬を囲むようにした。

「死ね」

最初に泉田が斬りかかった。

「くらえっ」

一拍遅くして四条が続いた。

「……ふん」

泉田の一撃を身体をひねってかわし、その勢いを使って大宮玄馬が四条へ脇差を振った。

「……くっ」

大きく身体を反らせて、四条が避けた。

「このっ」

攻撃をかわされた泉田が、すぐに体勢をたてなおして、大宮玄馬の背中へ追撃を加えようとした。

「させると思うか」

聡四郎が泉田へ太刀を突き出した。

「……むっ」

泉田が倒れるようにして、逃げた。

「甘いな」

転がって逃げようとする泉田を聡四郎は追った。

「くそっ」

泉田が舌打ちをした。

転がった相手を攻撃するのは難しい。こちらが上から突くしかないのに対し、相手は簡単にこちらの足に刃先が届く。地に伏した相手を攻撃するには、立ちあがるときにできる体勢の崩れを狙うしかない。大きく体重を移動するその瞬間は、どれほどの名人でも大きな隙を生み出す。

「近づくな」

泉田が太刀を振って、聡四郎の接近を拒んだ。

「…………」

無言で聡四郎が離れた。

「よし……ぐえっ」

急いで立ちあがろうとした泉田が苦鳴を発した。喉から棒手裏剣が突き出ていた。

「ご用人さま」

山崎伊織が駆けつけてきた。

「後方は大事ござらぬ」

伏せ勢がないと山崎伊織が報告した。

「うむ。では、残りをしっかりと片付けよう」

「生かして捕らえまするか」

聡四郎の言葉に、山崎伊織が問うた。

「捕まえても、無駄であろう。たとえ成瀬家の者だと白状しても、向こうは認めまい」

罪を犯した藩士は、まず藩邸から見捨てられる。これは武家の常識に近かった。

「なんだと……」

主家の名前を出された四条が顔色を変えた。

「生かして帰すな」

四条が表情を一層険しいものにした。

家臣にとって主家の名前は大事である。四条が必死になるのも当然であった。

「……まずいな」

初老の侍も、主家の名前を耳にした。

「なんとしても討ち取れ。でなくば……」

初老の侍の言葉が途中で消えた。

「羽田《はた》どの」

「えっ……」

松葉と鬼次郎を囲んでいた侍たちが目を剝いた。

もっとも後方にいた初老の侍の背後に松葉が移動していた。

「一人……」

初老の侍の背中から、忍刀を抜いた松葉が、他の三人を見た。

「こやつ」

あわてて一人の侍が、松葉へと身体の向きを変えた。

「対峙《たいじ》していた敵から目を離すとは余裕だな」

鬼次郎が感心しながら手を振った。

「ぎゃっ」

盆《ぼん》の窪《くぼ》に手裏剣を受けた侍が倒れた。

「わっ」

「あああ」

残った二人が、恐怖で正気を失った。太刀を無軌道に振り回して、鬼次郎と松葉へ迫った。

「これで遣い手だと」

「楽でよい」

無茶苦茶に斬りかかって来る二人をあしらいながら、松葉と鬼次郎が顔を見合わせた。

「まあ、これも金のうちだ」

あっさりと松葉が一人の首を忍刀で刎ねた。

「だな」

鬼次郎も手を動かした。

「ぐえっ」

残った一人の胸に手裏剣が二本刺さった。

「こちらは終わりましてござる」

松葉が報告した。

「……馬鹿な」

ちらと目をそちらに向けた四条が啞然とした。

「五人が倒された……」

四条が蒼白になった。

「どうする。すなおに縛《ばく》につくならば……」

一応聡四郎が投降を誘いかけた。

「一人だけ生き残れぬ」

四条が自らの太刀で首筋を割《さ》いた。

「………」

吹き出る血を伴って力なく倒れていく四条を聡四郎は哀しそうな目で見送った。

四

さすがに代官支配の土地で流血沙汰があっては、御広敷用人とはいえ無理はできない。

「狼藉者がいきなり斬りかかってきたゆえ、討ち果たしたまで」

聡四郎の言いぶんは、周囲の見世や旅人の証言もあり、認められた。

「一応、目付《めつけ》衆への届け出はさせていただきまする」

「ご随意に」

代官の意見を聡四郎は認めた。

「では、お疲れさまでございました」

さっさと目付に責任を押しつけて、代官は聡四郎たちを解き放った。

「日が落ちる前に帰れそうだ」

聡四郎は嘆息した。

「着きましてございまする」

屋敷が見えたところで、大宮玄馬が先触れに走った。

「おかえりいいい」

門番小者の大声とともに屋敷の正門が開いた。

「…………」

「……どうした」

屋敷の門前で立ち止まった松葉と鬼次郎に、聡四郎は問うた。

「後金を支払わねばならぬであろう」

「ここでいただきたい」

金の話をした聡四郎へ、松葉が望んだ。

「門の外で金の遣り取りはできぬ」

聡四郎は拒んだ。

忠義を第一とする武家にとって、金銭の話は汚いものとして忌避《きひ》されていた。小者、女中さえ雇えないような貧乏御家人ならいざ知らず、奉公人を一人でも抱えているならば、当主が直接金を手にすることはまずなかった。

もし、聡四郎が金を支払っている姿を近隣に見られれば、下品だとして周囲からの誹《そし》りは避けられなかった。

「門内には入れぬ」

頑《かたく》なに松葉が嫌がった。

「まったく、信用のないことだ。五日以上旅をしたというに」

聡四郎は嘆いた。

無礼討ちはほとんど許されなかった。

武家の名誉を守るという意義は、他人を殺さないという法の前では弱いのだ。武家だから、気に入らない町人を殺しても咎められないなどとなれば、城下に人は集まらなくなる。無礼討ちはまず成り立たなかった。

しかし、これが他人の目のない屋敷のなかとなれば、話は違った。悲鳴が聞こえようが、血しぶきが飛ぼうが、大門を閉じていると幕府の手は入らない。

武家屋敷は城の扱いになる。そのなかでなにがあろうとも、大門が開かない限り、外からの手出しはできなかった。

屋敷のなかに誘いこまれて、数を頼みに討ち取ろうとされてはたまったものではないと、松葉が拒否した。

「やむをえぬ。しばし、待て」

聡四郎は説得をあきらめた。

大門を潜った聡四郎は、出迎えた紅《あかね》の顔を見て、安堵の息を吐いた。

「戻った」

「ため息を吐いたわね。ということは、またなにか危ないことをしてきた」

その仕草を紅は見逃していなかった。

「御命を果たしただけだ」

聡四郎は仕方のないことだと言いわけをした。

「ちょっと立ってなさい」

玄関式台に聡四郎を立たせ、紅がその周囲を巡り、怪我していないかどうかを確認し出した。

「おい」

匂いを嗅がんばかりに顔を近づける紅に、聡四郎は焦った。

「……ああ、玄馬さん」

夫の苦情には応えず紅は、どうしていいかわからず、土間に立ちつくしている大宮玄馬へ顔を向けた。

「なんでございましょう」

「明日、聡四郎さんが大奥へあがるから、袖さんへの手紙を書きなさい」

「そのような……」

「聞こえなかったの。書きなさいと命じたの。わかった」

断ろうとした大宮玄馬に、紅が押し被《かぶ》せた。

「殿……」

困惑しきった大宮玄馬が聡四郎にすがった。

「あきらめろ。紅は一度言い出したら引かぬ。それくらい知っておろう」

聡四郎も引導を渡した。

「……はい」

大宮玄馬が折れた。

「それより紅、金を出してくれ。十両頼む」

「そんな大金なにに遣うの」

紅は町人の出である。金の価値を聡四郎よりよく知っていた。

「旅の供をしてくれた者への謝礼だ。あとで詳細は話す。外で待っておるゆえ急ぎで頼む」

「品川あたりの付《つ》け馬《うま》じゃないでしょうね」

急《せ》かす聡四郎に、紅が目を細めた。

付け馬とは、遊女屋で遊んだ代金が不足した客に付いて取り立てをおこなう男衆のことである。

「上様の御用最中に遊べるか」

「御用中じゃなければ、遊ぶのね」

言葉尻を紅が取った。

「紅」

小さく聡四郎が肩を落とした。

「嘘よ。あなたが遊べる人じゃないことは、わたしが一番よく知っているから。ちょっと待ってて」

紅が、屋敷の奥へと一度引っこんだ。

「…………」

「あきれておるだろう」

無言で一部始終を見ていた山崎伊織を聡四郎が睨《にら》んだ。

「いえ。上様の姫さまのお姿なぞ、畏れ多くて拝見できませせぬ」

顔さえあげていないと山崎伊織が否定した。

「まったく……」

将軍の養女ていどに気圧《けお》されるようでは、大奥警固などできるはずもない。聡四郎は山崎伊織のしれっとした態度に首を左右に振った。

「……お待たせ。どこ、その相手は」

紅が聡四郎に訊いた。

「外だが……」

「払ってくるわ」

すっと紅が玄関へ降りた。

「待て。吾が……」

聡四郎は紅を止めようとした。

「当主がなにを言ってるの」

まったく相手にせず、紅は門へ近づいた。

「奥さま」

あわてて大宮玄馬が追った。

「わたくしが」

「いいのよ。男の人がお金を触るのはお控えなさいな」

手を伸ばした大宮玄馬を、紅がやさしく押さえた。

「あなたたちね」

門を少し離れたところに立つ二人に、紅は気づいた。

「奥方さまである。ご無礼のないように」

大宮玄馬が松葉と鬼次郎の前に立った。

「……奥方さま」

「まさか……」

松葉と鬼次郎が絶句した。

旗本の妻は奥方さまと称され、まず表に出ることはなかった。

「主人が世話になりました。これがお代。こちらでご家族へのお土産でも」

十両とは別に心付けを紅は包んでいた。

「……頂戴いたしまする」

松葉が手を出した。

「ご苦労さまでした。またのときも、お願い。気をつけて帰るのよ」

金を渡した紅が、軽く頭を下げた。

「えっ……」

鬼次郎が戸惑った。

「奥方さま。風が障《さわ》りまする」

大宮玄馬が妊娠している紅を気遣った。

「そうね。じゃ」

軽く手を挙げて、紅が屋敷へと戻った。

「わたくしもこれで」

入れ替わるように、山崎伊織が門を出た。

「閉めよ」

大宮玄馬が、松葉と鬼次郎を警戒しながら小者に命じた。

「……おい」

松葉が山崎伊織を見た。

「本当に奥方だったのか」

「そうだ。あのお方が上様のご養女で用人どのの奥方、紅さまである」

山崎伊織がうなずいた。

「信じられん」

鬼次郎が大きく頭を横に振った。

「出は町屋《まちや》のお方だからな」

山崎伊織が付け加えた。

「おい、小判だ。それも二枚」

心付けの包みを開いた松葉が目を剝いた。

「いいや。用人どのは、十両とだけ言われた」

「用人の指示か」

山崎伊織が違うと告げた。

「そうか」

松葉が金包みを懐に仕舞った。

「約束はここまでだ」

あらためて松葉が表情を引き締めた。

「言わずとも」

山崎伊織が首肯した。

「邪魔をするか」

「せぬ。ただし、便宜もはからぬ。今後は他人ぞ」

問われた山崎伊織が宣した。

「けっこうだ。でなければ、今、ここで殺していたところだ」

松葉が口の端をつりあげた。

「笑わせる」

山崎伊織が声を出さずに笑った。

「御広敷伊賀者を舐《な》めるなよ」

言った山崎伊織が右手を挙げた。途端に三つの影が、近隣の屋敷の屋根に立った。

「なっ……」

「いつのまに」

松葉と鬼次郎が顔色をなくした。

「まちがえるなよ。ここは伊賀の山中ではない。天下の城下町江戸だ。我ら御広敷伊賀者の庭である」

山崎伊織が述べた。

「用人を護ると言うか」

松葉が御広敷伊賀者は敵かと問うた。

「上様よりの命が下れば、敵になる」

「今は違うのか」

重ねて松葉が訊いた。

「見ておけとのご諚だけじゃ」

山崎伊織が応じた。

「わかった。行くぞ、鬼次郎」

優位な位置を奪われては勝負にならないと、松葉は背を向けた。

「止めはせぬが、先を見よ。上様が御広敷伊賀者を用人どの下に入れた意味を考えろ。同族として最後の忠告だ」

「…………」

山崎伊織の言葉に、松葉は沈黙したまま去っていった。

五

一日の休みも許されないのが、吉宗の配下の定めである。

翌朝、旅の汚れを落とした聡四郎は、吉宗の前に平伏していた。

「京につきましては、まずまずの手応えでございました。一条さまより、竹姫さまのもとへ、行儀見習いの女中を一人お出し下さるとのことでございまする」

一条兼香の手配とはいえ、五摂家の娘でさえない。実態は竹姫へ閨ごとを教える役目ではあるが、名目上は大奥まで行儀を習いに来るという体《てい》を取った。

「女を一人押しつけてくるか。竹を利用して、躬に要求を呑ませるつもりだな」

あっさりと吉宗が見抜いた。

「近衛はどうだ」

天英院の実家は、吉宗の敵になる。なにか嫌がらせを仕掛けてきて当然であった。

「あいにくお目にかかることもできず、一条さま、清閑寺さまからも何一つお話はございませなんだ」

わからないと聡四郎は告げた。

「情けない。屋敷で会えぬならば、どこかに近衛が外出しているときを狙うとか、やりようはいくらでもあるだろう。考えて動きもせぬとは……」

吉宗が聡四郎を叱った。

「わかっておるのか。そなたは斥候じゃ。それも見てくるだけの物見《ものみ》ではない。相手がどのくらい手強《てごわ》いかを推し量るのも任であった。一度手出しをしてみるくらいのことをせぬか」

「申しわけございませぬ」

そんな命は聞いていないが、将軍の指示は絶対である。聡四郎は頭を下げた。

「まあ、手出しをして殺してしまうよりはましか」

「なにを……」

いくらなんでも元関白を討ち果たすわけにはいかなかった。それが吉宗の差し金だとわかれば、朝幕の間にひびが入るより、御三家を筆頭に反吉宗の機運が一気に高まる。

「で、勅意《ちょくい》は大丈夫であろうな」

吉宗が確認した。

「一条さまがお請け負いくださいました。ただし、いささかの金が要るようではございます」

聡四郎は語った。

「金のことは覚悟しておる。公家を動かすのは、脅しと金だからな」

嫌そうな顔をしながらも、吉宗の声から怒りは消えていた。

「あとは京都所司代《しょしだい》でもできよう」

吉宗が竹姫の話を締めくくった。

「で、名古屋はどうであった」

表情をより険しくして、吉宗が問うた。

「しっかり目立ってきたのだろうな」

吉宗が聡四郎を見た。

「菩提寺と墓地を確認した限りでは、なんの違和もございませなんだ」

聡四郎が名古屋での行動を告げた。

「当然だな。そんな目立つところに証を残すはずはない」

吉宗がうなずいた。

「その後、尾張を出たところで襲撃を受けまして……」

聡四郎があったことを語った。

「成瀬……附家老か」

聞き終わった吉宗が腕組みをした。

「尾張藩から直接くるかと思ったが……」

吉宗が思案に入った。

「近江守、先日主計頭《かずえのかみ》から聞いた死亡した二人の藩士だが、尾張の者であったな」

「そのように主計頭さまは仰せでございました」

確かめられた加納近江守がうなずいた。

「その直後に奥州《おうしゆう》梁川《やながわ》藩主松平義昌《よしまさ》が死去している」

「尾張徳川二代藩主光友公の三男で吉通公の叔父」

松平義昌は、生母の身分が低かったため長男でありながら、正室が産んだ後の三代藩主綱誠、初代美濃《みの》高須《たかす》藩主松平義行《よしゆき》の下、三男として届けられた。

これは、光友の正室が三代将軍家光の娘であったからである。将軍の姫が輿入《こしい》れし、男子を産んだとなれば、なんとしてでもその子を藩主にしなければならなかった。もちろん、正室の産んだ男子が世継ぎになるのは決まりである。いかに側室腹の長男がいようとも、候補たり得ない。

ただ、問題は正室が将軍の娘だったことにあった。光友は、家光の娘との婚姻が約された後に、側室に手出しをし、子供を作ってしまった。

これが尾張徳川より格下の大名、あるいは五摂家以下の公家から正室を迎えるというならば、なんの支障もなかった。だが、将軍の姫が正室に来るならば、側室腹の子供は遠慮しなければならなかった。いや、正確には子供ではなく、光友が辛抱しなければならなかった。

側室は正室に子供ができなかったとき、血筋を絶やさないためのものであった。

もちろん、表向きの理由ではあるが、側室はなにをおいても正室の後でなければならない。寵愛を受けるのもである。正室が決まったというのに、側室に手出しをする。これは、正室では女として満足できないと取られても仕方ない。

光友は将軍の姫の矜持《きょうじ》を傷つけたのだ。

この結果、義昌は長男でありながら、一つ歳下の綱誠はおろか、五つ歳下の義行よりも弟にされた。

義昌の悲運は続いた。家督《かとく》を綱誠に奪われたのはまだしも、官位が与えられたのも義行よりも遅く、藩主となれたのも二年後であった。また、義行が与えられた領地は富裕で表高《おもてだか》以上の穫れ高を望めるのに対し、義昌は奥州梁川という実高が表高よりはるかに少ない貧しい土地であった。

「もっとも、義昌どのは死去したとき六十三歳でございましたので、当たり前と申せば、当たり前でございますが」

「六十三歳か。不思議ではないの」

吉宗も納得した。

大名の寿命は短い。まれに八十歳くらいまで生きる者もいるが、四十歳から五十歳というところで亡くなる者が多かった。そのなかで六十三歳まで生きたというのは、天寿と言えた。

「ただ……」

加納近江守が口籠もった。

「義昌どのは八男六女と子だくさんでおられましたが、そのうち五男、六男、長女の三人以外早世いたしておりまする」

「十一人も早世。それはあまりに……」

聡四郎は絶句した。

「光友の長男、その血筋を嫌ったとしか思えぬな」

吉宗が嘆息した。

「綱誠の子はどうだ」

「しばしお待ちを」

さすがに加納近江守もそこまでは知らなかった。

「お調べに行かれずとも」

御休息の間の天井から声がした。

「村垣《むらがき》か」

「はっ」

吉宗が御庭之者の名を呼び、天井裏が応じた。

「調べてあるのだな。申せ」

「はっ。綱誠公は二十二男十八女、合わせて四十人の子宝をもうけられましたが、十男吉通公、十一男継友《つぐとも》公、十五男松平義孝《よしたか》公、十八男松平通温《みちまさ》公、十九男松平通《みち》春《はる》公と姫さまお二人が成人されたのみ」

村垣が告げた。

「ふむう」

吉宗が唸った。

「尾張徳川の血筋は呪われていると思えるな」

「まさに」

吉宗の説に加納近江守が同意した。

「我が紀州はここまで酷《ひど》くないぞ」

紀州家初代頼宣は三男二女で次男だけが若死にしているが、元服まで生きた。二代光貞《みつさだ》は四男四女をもうけ、次男と四女が成人前に死去しているが、残りは全員成人している。もっとも吉宗の兄たちは藩主の座に就いてから七年、四月《よつき》と短い期間で生涯を終えている。これが、藩主になりたがった吉宗による謀殺だという噂は今も残っていた。

「光友の最初の息子の血を滅ぼそうとした者と家光公の血を嫌った者がいると考えるべきか……」

吉宗が呟いた。

「上様、お願いの儀がございまする」

聡四郎は手をついた。

「水城が願いか。申せ」

珍しいと吉宗が促した。

「尾張家の探索を御広敷伊賀者にお預けくださいますよう」

「……御広敷伊賀者にか」

吉宗が目を細めた。

「はい。今回の旅路で犬山がかかわっていると調べたのは御広敷伊賀者の山崎伊織でございまする。池鯉鮒宿で襲ってきた連中の馬を放つことで、その帰りをつけ、成瀬家にたどり着きましてございまする」

「ふむ。それをしていなければ、いまだに襲撃は尾張徳川からのものと誤認していたかも知れぬと言うのだな」

「さようでございまする」

「相変わらず甘いの、水城」

首を縦に振った聡四郎を吉宗が評価した。

「だが、信賞必罰《しんしょうひつばつ》は施政者の根本でもある。成瀬を見つけ出した功績は認めてやらねばなるまい」

「上様……伊賀者は上様に逆らった謀叛人でございまする。そのような者どもに探索を任せるわけには参りませぬ。信用が……」

天井裏の村垣が焦った。

「数が足りまい」

冷静に吉宗が切り返した。

「…………」

御庭之者の陣容が薄いと指摘した吉宗に、村垣が沈黙した。

「躬も信用がおけぬ者に探索方をさせるつもりなどはない」

「では……」

村垣の声が弾んだ。

「伊賀者を躬は信じておらぬ。だが、水城を躬は信頼しておる」

「……上様」

吉宗の一言に、聡四郎は胸を熱くした。

「これ、水城。控えよ」

小声で加納近江守が、膝を進めそうな聡四郎を制した。

「近江守、水城が自ら志願したのだぞ。邪魔をいたすな」

耳ざとく聞きつけた吉宗が、加納近江守を叱った。

「……出すぎたまねをいたしましてございまする」

加納近江守が頭を垂れた。

「なにが」

聡四郎は二人の遣り取りの意味がわからずに戸惑った。

「水城、そなたの願いを聞き届ける。伊賀者どもを差配し、尾張の事情を探れ」

「……わたくしがでございまするか」

伊賀者の差配と聞いた瞬間、聡四郎は啞然とした。

「言い出したのは、そちじゃ」

吉宗が聡四郎を指さした。

「探索方など、わたくしにはできませぬ」

聡四郎は強く首を横に振った。

「誰が、そちに尾張家へ忍びこめと言った。躬は、差配を命じただけぞ」

吉宗があきれた口調で言った。

「そちも人の上に立ち、人を上手く使うことを覚えてもよいころである」

「ですが……」

未経験の役目を担うのは、三度目になる。聡四郎はなんとかして避けようとした。

「そちが断るならば、御広敷伊賀者ではなく庭之者にさせるまでよ。躬に逆らった伊賀者を重用するほど、人には困っておらぬ」

冷たく吉宗が告げた。

「…………」

聡四郎は黙った。うれしそうにしていた山崎伊織の顔が浮かんだ。

「……わかりましてございまする」

乗りかかった船でもある。聡四郎は受けた。

「主計頭には、躬から話をしておく。近いうちに訪ねるがよい」

「はっ」

「では、役目に戻れ」

吉宗が下がれと命じた。

「……上様」

「なんじゃ」

聡四郎が出ていったのを確認した加納近江守が吉宗を見た。

「あまり水城に負担をおかけになられるのは……」

「遣える者が少なすぎるからよ。それにな」

諫言する加納近江守に、吉宗が言い返した。

「あやつもそろそろ政の深淵《しんえん》、その奥底にある昏《くら》き闇を知るべきじゃ。今まで見てきたのが、深淵の蓋《ふた》でしかないことに気づかねば、潰れる」

「それは……」

「一条の約束をそのまま信じているようでは、話にならぬ。公家というのは鵺《ぬえ》と同じ。正体が知れぬ。その公家の代表である一条と近衛、この二家を相手に竹姫を護らねばならぬのだ。裏の裏を読み取れるようにならねば……」

「天英院さまは……」

加納近江守が、吉宗の口から大奥がでなくなっていることに気づいた。

「もう、なにもできまい。女は怖い。落ち目になった天英院じゃ。誰も手を差し伸べまい。いや、それどころか天英院が享受していた贅沢を吾が手にしようと、群がり襲うであろう。もう、天英院に竹をかまう余力はない」

大奥は敵でなくなったと吉宗が断じた。

「これ以上、大奥で騒動はおこらぬと」

「ああ」

加納近江守の質問に、吉宗は首肯した。

第五章　附家老《つけがろう》の真

一

御広敷用人の任に戻った聡四郎は、帰任の報告をするべく竹姫付きの中臈鈴音《すずね》を呼び出し、大奥御広敷座敷下段で打ち合わせをしていた。

「京へお上りだったとか」

鈴音が口を開いた。

「はい。上様のご指示で一条大納言さまにお目通りを願いましてござる」

聡四郎は首肯した。

正確には一条兼香は権大納言である。権とは武家でいう格あるいは並にあたり、正式な大納言より一段落ちるが、下の者同士で呼ぶときには外すのが礼儀であった。

「それはそれはご苦労でありました」

鈴音は竹姫援護のため一条から出された下級公家の娘である。一条兼香は主筋《しゅうすじ》にあたった。

「もちろん、竹姫さま、お輿入れのことでございましょうな」

わざとらしく鈴音が口にした。

「…………」

表役人とはいえ、男である。鈴音と二人きりでの会談などは許されていない。下段の間には、見張り役として大奥女中が同席している。その奥女中が大きく息を吸った。

「さようでござる。一条大納言さまより、今上《きんじょう》さまへ言上《ごんじょう》していただくようにとお願いをいたして参りました」

天皇の敬称を出した聡四郎は、軽く頭を下げて敬意を表した。

「今上さま……」

やはり鈴音も頭を垂れた。

「勅許を賜れたと」

「さすがにそこまではまだ」

つごうよく話を進めた鈴音に、聡四郎は苦笑した。

「ですが、大納言さまのご快諾はいただけましてござる」

聡四郎は胸を張った。

「それは重畳《ちょうじょう》」

鈴音がほほえんだ。

「…………」

同席していた奥女中の顔色が紙のように白くなった。

「では、姫さまに吉報をお報せいたしましょう」

鈴音が機嫌良く腰を上げた。

「そうそう」

立ちあがった鈴音が、もう一度腰を下ろした。

「なにか」

聡四郎は竹姫付きの御広敷用人である。その所用をこなすことが任である。鈴音の発言を聡四郎は待った。

「局《つぼね》でお祝いをいたしたいと思いまするゆえ、姫さまお好みのお菓子を明日にでも」

「承知いたしましてござる。いくつか用意いたしましょうぞ」

聡四郎は引き受けた。

「ついでと申してはなんだが、よき茶も頼みたい」

「お任せあれ」

鈴音の求めを聡四郎は認めた。

「その代わりといえばなんでござるが、袖にこれをお渡しいただきたく」

聡四郎が鈴音に手紙を渡した。

「これは……」

「実家《さと》方よりの宿下がり願いでございまする」

「わたくしでは、宿下がりできるかどうかの返事ができませぬ。姫さまにお伺いいたしましょう」

「よしなに」

二人の話は終わった。

「お立ち会いご苦労でござった」

奥女中をねぎらって、聡四郎は御広敷座敷を後にした。

「急がねば……」

同席の奥女中が、裾を乱して走った。

「姉小路さま」

「さわがしい。なにごとであるか。お方さまはお茶を喫せられておられるのだぞ」

天英院の館へ駆けこんだ奥女中を、館を取り仕切る局と呼ばれる女中が叱りつけた。

住居と同じでややこしい名前の局は、幕府の奉公人ではなく、個人が雇い入れている女中である。館、あるいは局の雑用すべてを統轄し、最下級の女中であるお末を監督する。気働きができねば務まらず、主の信任も厚い。身分からいけば陪臣になるが、天英院の局ともなるとなまじの奥女中よりもはるかに力を持っていた。

「申しわけございませぬ。ですが、至急お報せせねばならぬことが」

「……そこまでのことか」

まだ息の整わない奥女中を見て、局が表情を引き締めた。

「しばし待て」

「ですが……」

押さえようとした局に奥女中が食い下がった。

「そのような荒い息づかいで、姉小路さまにお話がまともにできるのか」

「……それは」

注意された奥女中が詰まった。

「そなた、この者に水を与えよ。一息つけ。機を見計らって呼ぶ」

局がお末に指示をした後、奥女中に落ち着けと手を上下にした。

「はい」

奥女中が首肯した。

「お伺いしてくる」

局が上の間へと消えた。

「入りやれ」

少しして、奥女中の息が穏やかになるのを見ていたかのように、襖の向こうから局の声がした。

「ごめんくださいませ」

奥女中が、上の間への襖を開け、下の間の襖際で手をついた。入れ替わるように局が上の間を出て、間の襖をきっちりと閉めた。

「局から聞いた。なにやら話があるとのことじゃの。簡潔に申せ」

上座にいる天英院の右前に控えている姉小路が問うた。

「……さきほど……」

一度唾を呑みこんだ奥女中が語った。

「姉小路」

聞き終わった天英院が癇《かん》の立った声を出した。

「お方さま。お平らに」

姉小路が天英院を宥めた。

「ご苦労であった。下がってよい。のちほど、褒美を取らせる」

姉小路が報告に来た奥女中を上の間から遠ざけた。

「……姉小路よ」

二人きりになるなり、天英院が眦《まなじり》を吊り上げた。

「やはり上様の手は、今上さまへのものでございました」

姉小路も嘆息した。

吉宗の腹心である聡四郎が京へ上ったことは、すぐに天英院たちの知るところとなっていた。

聡四郎の京洛行きは二度目である。

一度目が、竹姫の出自の確認と、御台所として迎える心づもりがあるとの根回しであったことも天英院の実家である近衛家からの報せで明らかになっている。

実家や一条への根回しがすんでいるのに、もう一度、それもさほどの期間を空けずに京へ行く。江戸から京までは十日、往復するだけで二十日かかる。そこに京での動きをくわえると一カ月は確実に、竹姫から離れなければならない。

敵中に孤立しているも同然の竹姫を護るために配した腹心を、わざわざ使者に出す。となれば、その用件がどれほど重要で、余人に任せられないことかは容易に推察できる。

将軍と、宮家との縁組が破談になった姫との婚姻。

邪魔する理由には困らない恋の成就には、乗りこえなければならない障害がいくつもあり、破らなければならない壁も分厚い。

手間暇をかけて、障害や壁を一つ一つ越えていくという手もある。

吉宗は天下でもっとも力を持つ将軍なのだ。多少の障害や壁ならば、実力で排除できる。とはいえ、人のやることである。ときもかかるし、下手をすれば油断から大きな失策を犯しかねない。

これらの危惧をなくすだけでなく、一気に障害と壁を乗りこえる秘策が、天皇であった。

「臣源吉宗と竹の婚姻を許す」との勅許、あるいは「婚姻をなせ」との勅諚《ちょくじょう》である。

名目上のものとはいえ、天下は天皇のものなのだ。将軍であろうが関白であろうが、一家臣にすぎない。天皇の言葉は絶対であった。もっとも、ときの施政者のつごうで、たびたび勅意はおこなわれなかったり、枉《ま》げられたりすることもある。が、その施政者である征夷大将軍徳川吉宗が、勅意に従う気でいる。

天皇がそう口にした瞬間、吉宗と竹姫の婚姻はなる。

「悠長なまねはできぬな」

天英院が姉小路を見た。

「もう一度、いたしましょうや」

「いいや。竹には護りが付けられている」

姉小路の問いに天英院が首を横に振った。

先日、天英院の手配した男が竹姫を襲い、みごとに返り討ちに遭っていた。

「あの護りを破れるほどの者を用意できればまだ望みもあるが……」

「たしかにさようでございまするな」

天英院の言葉に、姉小路が納得した。

「昨日、山城帯刀からものが届いていたであろう」

「………」

姉小路が黙った。

「どうした、姉小路」

天英院が、呼びかけた。

「お方さま」

姉小路が真剣な顔つきで天英院を見あげた。

「なんじゃ」

「本当になさるおつもりでございまするか」

姉小路が震える声で問うた。

「当たり前であろう。妾が山城帯刀に用意させたのだぞ」

天英院が当然だと答えた。

「上様のお血筋を害するなど……まして西の丸さまは、まだ六歳になったばかりの幼子でございまする」

姉小路が天英院を諫《いさ》めようとした。

「それがどうした。あの男の子じゃ。それに薬は子供に効く分しかない。となれば西の丸しかなかろうが」

天英院が木で鼻を括《くく》ったような返答をした。

「わかっておるのか、そなたは。さきほどの報告をどう聞いた。京での手配は終わっておるとの意味であろう。おそらく日を見、機を読んで、今上さまより勅諚が出されよう。そうなってしまえば、もうどうしようもない」

「それはわかりまするが、たとえ西の丸さまが亡くなられたとて、勅諚が出れば、それまででございましょう。無駄な人死にを出すのは、お方さまの後生《ごしょう》にもかかわりましょう」

姉小路が説得しようとした。

「無駄ではないわ」

天英院が反発した。

「将軍世子《せいし》が死ねば、喪が発せられよう。喪中に祝賀は遠慮すべき。そうなれば、今上さまも勅をお止めになられよう」

「ときをかせぐためだと」

「そうじゃ。喪明けまで一年はあるはずじゃ。それだけあれば、父がなんとかしてくれるはず」

天英院がうなずいた。

「お方さま」

姉小路が首を小さく左右に振った。

「喪は逆順を縛りませぬ」

「なんだと」

言われた天英院が絶句した。

「武家の決まりでは、子は親の喪に服さねばなりませぬが、親は子の喪に服さないのでございまする」

「馬鹿を申すな」

「いいえ。武家は親孝行を忠義とともに根本としておりまする。子は親に従わねばなりませぬ。しかし、これは同時に、子が親を縛ってはならぬことでもありまする」

姉小路が告げた。

その通りであった。武家において、親の喪が明けるまで、祝い事は遠慮するのが礼儀とされているが、逆はそうではなかった。

これは下が上を縛ってはならぬという忠義にも波及するからであった。でなければ、家臣の喪に主君が服すことになりかねない。また、子供の死亡が多いだけに、その喪に服していてはなにもできなくなるという実際の部分も要因としてあった。

「紀州の猿は、吾が子の死を気にせぬと……」

「おそらく」

姉小路が首を縦に振った。

「荒夷《あらえびす》め」

一言、天英院が吐き捨てた。

「ですから、西の丸さまを害したところでさほどの意味はないかと思案いたします る」

「いや、意味はある」

なんとか長福丸の殺害を避けようと考えている姉小路の否定を天英院が破った。

「……それは」

姉小路が目を剝いた。

「紀州の猿は気にせずとも、今上さまはお避けになるであろう」

「今上さま……たしかに」

天英院の発言を姉小路も認めた。

天皇は神道の中心である。いや、神であった。神はなにより死穢を嫌う。

「婚姻という慶びごとの前に、死があればかならずや日にちを空けられよう」

天英院が自信ありげに断言した。

「薬はどこじゃ」

「そこの手文庫に仕舞っておりまする」

「持って参れ」

届くところにあっても、自ら手を伸ばさないのが公家の姫である。天英院が姉小路に命じた。

「お待ちを」

腰を上げて姉小路が、天英院の手文庫を開けて、なかから油紙の包みを出した。

「貸しや」

「はい」

手を伸ばした天英院に姉小路が渡した。

「……油紙など面倒な」

厳重な包装に苛ついた天英院が、油紙を引き破った。

「なんじゃ、これ二つか」

出てきた薬包二つの小ささに天英院があきれた。

「二回分だそうでございまする」

姉小路が説明した。

「これが南蛮渡来の秘薬……紀州の猿に喰らわせてやりたいが、うどの大木には効かぬというのが残念じゃ」

無念そうに天英院が薬包を睨んだ。

「お方さま、あまりお顔をお近づけになられては危のうございまする。包んであるとはいえ、お吸いこみになられてはお身体に障りましょう」

「……仕舞え」

注意を受けた天英院が頬をゆがめて、薬包を姉小路に突き出した。

「お預かりを」

そっと姉小路が手に取り、ていねいに包み直した。

「西の丸に手の者は残っておるな」

「はい。中臈一人、目見え以上の女中四人、末二人が、お方さまのご指示通りに動きまする」

問われた姉小路が答えた。

「薬を渡しておけ。できるだけ早く使えとの指示もの」

「では、逃げ出す算段をしてやらねば……」

姉小路が逃亡させる手立てを考えなければと口にした。

「使い捨ててよい。そのような暇はもうないわ。妾が大奥から出される前にせねば、意味がない」

そう言うと天英院は薬から興味をなくしたかのように、目を逸らした。

二

翌日、御広敷用人部屋に出務した聡四郎を小出半太夫《こいではんだゆう》が出迎えた。昨日は、鈴音と会ったあと、依頼された菓子と茶の手配をするため、そのまま下城していたこともあり、じつに一カ月ぶりの顔出しであった。

「水城、ずいぶんと長く顔を見なかったが、どこへ行っていた」

「上様の御命でございますれば」

詳細は言えないと聡四郎は逃げた。

「儂は御広敷用人の最先達《せんだつ》であるぞ。いわば、御広敷用人頭じゃ。比して、おぬしはもっとも任歴が浅い。頭としては、配下の者がなにをしているか、知っておらねばならぬ」

無理矢理小出半太夫が質問してきた。

「上様より他言無用と言われておりますれば」

もう一度聡四郎は拒んだ。

「儂が口を滑らすと言うか。無礼であろう。上様の密命とあれば、この小出半太夫、口が裂けても他言などいたさぬわ」

まだ小出半太夫が食い下がった。

「わかりましてございまする」

「うむ。で、どこへ行き、なにをして参った」

折れた聡四郎に、小出半太夫がうれしそうに訊いた。

「ここでは……」

他の御広敷用人の姿もある。聡四郎は渋った。

「それもそうじゃの。では、どこがよい」

小出半太夫が首肯した。

「こちらへ」

先に立って聡四郎は歩き出した。

「……どこまで参る気だ」

かなり経っても歩みを変えない聡四郎に小出半太夫が怪訝な顔をした。

「御休息の間でござる」

「なにっ」

吉宗のもとだと答えた聡四郎に、小出半太夫が驚愕した。

「たわけ。ご多忙な上様のもとへ参上するなど問題であるぞ。儂との話など、その空き部屋ですぐに終わろうが」

小出半太夫が目の前の座敷を指さした。

「上様から他言を禁じられておると申しあげたはず。それを押してお訊きになった。これは上様にもご承知いただかねばなりますまい。今後のこともございましょう。どのような密命でも小出どのの求めがあれば、開示するようにと上様からお言葉を賜っておけば、今後もすみやかに……」

「慮外者《りよがいもの》めが。儂は忙しい。御休息の間まで出向くわけにはいかぬわ」

吉宗の前で話をすると言った聡四郎に、小出半太夫は顔色を変え、あわてて踵《きびす》を返した。

「……では、ごめん」

その後ろ姿に一言かけて、聡四郎は歩みを再開した。

聡四郎は気ままお目通り御免を認められている。聡四郎の姿を認めた加納近江守が、黙って先に立った。

「水城か。続けての目通りとはなんじゃ」

すでに京と名古屋の報告はすんでいる。吉宗が首をかしげた。

「昨日竹姫さま付きの鈴音さまとお話をいたして参りました」

聡四郎は述べた。

「ほう。鈴音もなかなかにやるの。さぞや、同席していた女中は焦ったことだろうよ」

吉宗が笑った。

「はい」

聡四郎も苦笑した。

「で、菓子と茶は届けたのであろうな」

「今朝七《なな》つ口《ぐち》へ納めるよう、城下の菓子司と茶問屋に命じましてございまする」

直接届けてもよかったが、いかに御広敷用人とはいえ、連日大奥で女中と面会するのは、良くない噂を呼びかねない。

「ご苦労であった。もちろん、品は最高のものだろうな」

「ご懸念にはおよびませぬ」

吉宗は竹姫を寵愛している。聡四郎は十二分に気を遣った。

「うむ。ところで、それだけの報告に参ったわけではなかろう」

吉宗が笑いを消した。

「さきほど……」

小出半太夫のことを聡四郎は告げた。

「……おろか者が。紀州から引き連れてきてやったというに、その意味をわかっておらぬ」

機嫌を悪くした吉宗が苦く顔をゆがめた。

「紀州から躬が選んだ者は、皆、忠義に厚く、優秀じゃ。それが増長しおって……」

吉宗が怒った。

「連れてきた者は、どうしても目立つ。陪臣から直臣に抜擢されたのだからな。当然、従来の幕臣たちよりの反発を受けやすい。辞を低くしてこそ、呼び寄せた躬の面目も立つというに……近江守」

「はっ」

吉宗に呼ばれた加納近江守が姿勢を正した。

「時期を見計らって、半太夫を異動させよ。そうよな、江戸から離すがよかろう。大坂あたりに飛ばす用意をな」

「わかりましてございまする」

加納近江守が承諾した。

「ところで、水城、紅は息災《そくさい》か」

小出半太夫のことはもう終わったと、吉宗が話題を切り替えた。

「おかげさまをもちまして、無事に過ごさせていただいておりまする」

聡四郎は元気だと答えた。

「そうか。そろそろだったか、子は」

「あと一月と少しございまする」

「もうすぐじゃの。楽しみであろう」

吉宗が聡四郎に笑いかけた。

「はい。これほどとは思いませんでした」

聡四郎もほほえんだ。

「男がよいか、女がよいか」

「どちらでもよろしゅうございまする。ただ、母子ともに健全でありましたら」

訊かれた聡四郎は応じた。

「たしかにそうじゃな。子供というのは健康であればいい」

吉宗が父親の顔をした。

「西の丸さまとはお会いになっておられまするか」

「数日に一度な。長福丸がここまで挨拶にきよる」

聡四郎に尋ねられた吉宗が、優しそうな表情で告げた。

「子供はよいな。子供は未来《さき》である。子供がいれば、世は繋がっていく」

「仰せのとおりでございまする」

聡四郎も同意した。

「躬も早く竹の子を抱いてみたいわ」

吉宗が頰を緩めた。

「ご苦労であった。もう下がれ。そなたにはせねばならぬことがあろう。御広敷伊賀者のこととかの。逃げるなよ」

「はっ」

後に回そうとするなと釘を刺された聡四郎は、平伏した。

「……動きはないか」

聡四郎の退出を確認してから、吉宗が天井へ声をかけた。

「成瀬の下屋敷へ、藩士らしき者が十人ほど入りましてございまする」

天井から返答がした。

「狙いは、水城か。正体を端《はな》からあかしているのも同じだからな」

「おそらく」

吉宗と天井裏の御庭之者が会話をした。

「ですが、道中ならまだしも今更江戸まで出てきて、襲いかかって来るとは思えませぬ」

江戸は将軍の城下町である。そこで直臣の旗本が襲われたとなると目付が出張《でば》る。目付は町奉行と違い、大名の屋敷、寺院でも立ち入って調べられる。さすがに御三家、増上寺、寛永寺ははばかるが、外様大名や譜代大名への気遣いはない。それこそ附家老ならば遠慮なく手を入れる。

「目付か」

「はい」

「目付が役に立つとは思えぬぞ。あやつらは俊英だと自負しておるようだが、己でものを買ったこともなく、剣の修行をしたわけでもない。ただ、名門の家に生まれ、謹厳実直であるというだけの世間知らずだ」

吉宗が辛辣《しんらつ》な評価を下した。

「……………」

御庭之者と目付では接点がない。吉宗の言葉に同意も、反論もできなかった。

「躬が水城を買っているのがなぜかわかっておろう。あやつは、世間を知っておる。貧乏の辛さもわかっている。庶民どもが、我ら武家をどう見ているかも理解している。ゆえに躬は、あやつを認めている。下の者の苦労を知らぬ上の者など、百害あって一利なしじゃ。そして、幕府はそんな輩《やから》ばかりである」

厳しく吉宗が糾弾した。

「で、そのことを御広敷伊賀者は気づいておるのか」

「おそらくは。成瀬の屋敷を見張る気配がございました」

御庭之者が応じた。

「ならばよかろう」

吉宗はうなずいた。

「わかっておろうが、手出しは許さぬぞ」

「はっ」

念を押された御庭之者が返事をした。

御庭之者は吉宗が紀州から連れてきた探索方である。根来者《ねごろもの》の筋を引くとも言われ、忍の技にも長《た》けていた。

「上様より、釘を刺されたぞ。尾張の件には手出しをするなと」

村垣が御庭之者の控えである吹上《ふきあげ》御庭の小屋で告げた。

「そういうわけにはいくまい。御上探索御用は我ら御庭之者のものである。御広敷伊賀者がしくじったとき、我らに回ってくるは必定《ひつじよう》。そのときから動いたのでは遅れる」

別の御庭之者が首を左右に振った。

「たしかに我らは上様の探索方、御命の有無にかかわらず全力を尽くさねばなるまい」

他の御庭之者が同意した。

「しかし、手が足りぬぞ」

二十人足らずで吉宗と長福丸の警固、さらに探索までおこなうとなればかなり厳しいものになる。村垣が懸念した。

「信用できるとはとても言えぬが、藤川がいなくなったことで伊賀者は敵でなくなった。警固の人数を少し割けば……」

「大事ないか」

「足りなくなったぶんは、嫡男たちを駆り出せば足りよう」

「……経験させるのもよいか」

御庭之者たちが話し合った。

「水城ご用人さまはおられるか」

用人部屋に山崎伊織が顔を出した。

「水城ならば、上様のもとじゃ。何か用か。儂が代わりに聞こう」

小出半太夫が応じた。

「いえ。後ほどまた参りまする」

山崎伊織が下がった。

「……気に入らぬの」

無視された小出半太夫が目を細めた。

「水城め……一度思い知らさねばならぬな」

小出半太夫が頰をゆがめた。


「……ご用人さま」

中奥から御広敷に戻った聡四郎を山崎伊織が待ち構えていた。

「山崎。……なにかあったのか。どっちだ。郷忍か、犬山か」

聡四郎は問うた。

「勝手ながら成瀬の屋敷を見張っておりました」

「成瀬になにがあった」

「下屋敷に、騎乗を含め十人が入りましてござる」

「騎乗……相応の身分ということだな」

「我らは顔を知りませぬゆえ、確定はできませぬが……屋敷に入るとき大門が引き開けられましてござる。おそらく当主がなかにいたと」

「騎乗だと門が開かねば、入れまい」

馬では潜り門を通れない。騎乗のときは、大門が開くのは当然であった。

「すべて引き開けられましてござる」

山崎伊織が付け加えた。

大門は当主、格上の来客でなければ、完全に開けられないものである。

「当主が江戸まで出てくるとはの」

聡四郎も難しい顔をした。

大名は勝手に出府《しゅっぷ》あるいは帰国することが許されていない。家老でさえ出府には届け出るのが慣例となっている。附家老は譜代大名に準ずる。当然無届けというわけにはいかないはずであった。

「ご用人さま」

「上様より御探索を御広敷伊賀者に任せるとのご諚をいただいた」

促すような顔で見た山崎伊織に、聡四郎が告げた。

「おおっ。かたじけないことでございまする」

山崎伊織が喜んだ。

「差配を預けられた」

「水城どの、いや水城さま。よしなにお願いをいたしまする」

続けた聡四郎に、山崎伊織が対応をよりていねいなものに変えた。

「早速に」

「敵は御三家だ。疑いだけでどうにかできる相手ではない。慎重にな」

勇んで行こうとする山崎伊織に聡四郎は声を掛けた。


山崎伊織と別れた聡四郎は、今来た道を戻り、御休息の間へと帰った。

「よく顔を見る日じゃの」

二日で三度という目通りの頻度に、吉宗が苦笑した。

「お忙しいところを申しわけございませぬ」

聡四郎にしてみれば探索方のまとめ役などやったこともない。どうすればいいかわからないことは訊くに限ると吉宗の指示をもらいに来たのだ。勝手に動いて、失敗したとき、吉宗から叱られるのを避けたいというのもあった。

「隼人正が密かに出府した……」

報告に吉宗が嘆息した。

「……附家老はゆがんでおる」

少し考えた吉宗が真剣な声を出した。

「ゆがんでいるとは」

意味がわからず聡四郎は問うた。

「紀州にも安藤《あんどう》、水野《みずの》と二人の附家老がいた」

成瀬隼人正ではなく、吉宗は己に近かった紀州家の附家老で話を始めた。

御三家だけではないが、家康の息子には譜代大名が附家老として付属させられていた。武名ある者、内政を得手とする者など違いはあったが、附家老に選ばれた者は、誰もが忠義厚い者であった。これは家康の親心であった。

将軍にしてやれなかった子供たちをせめて助けてやれるよう、うまく補佐してくれるようにとの願いを込めて、家康は譜代大名を附家老にした。

だが、附家老とされた者にとっては、酷な話であった。昨日まで神君家康公の信頼厚い家臣として、天下に威を張っていた者が、いきなり陪臣になるのだ。一応、末代まで粗略にしないという家康の言質《げんち》はあるが、それでも格式は落ちる。他の譜代大名たちが、若年寄だ、老中だと出世していくのを指をくわえて見ているしかない。それだけではない、譜代大名ならば、誰にでも与えられる城中の間がもらえない。御三家の登城に供するか、代理で登城するかだけになる。

なにより、つきあいが激変した。

一族の筆頭ともいうべき地位にいたのが、いきなり末席に下がらされる。本家であったのが、分家に遠慮しなければならなくなる。

武士は名誉に生きる者でもある。もっとも名誉も忠義よりは軽い。己の名誉が汚されたからといって、勝手に刀を振るったり、切腹したりするのは認められていない。事情次第では、家が潰されるとはいえ、やはり大きな比重を占める。

「附家老はどこも恨みを抱いている。それも神君家康公にだ。神君に頼まれては、従うしかない。渋々とはいえ、陪臣の席へと下がった。神君が存命の間は良かっただろう。もし、附家老を嘲笑する者がいれば、神君が許さなかったであろうからの。だが、神君が亡くなり、代が進むにつれて、身分は固定してしまう。我らは譜代大名だったのだと言ったところで、誰も相手にせぬ」

「……………」

吉宗の話を聡四郎は黙って聞いた。

「それに躬が止《とど》めをさしてしまった」

少しだけ吉宗が頬をゆがめた。

「上様が……」

「……………」

聡四郎は怪訝な顔をし、加納近江守が苦渋に満ちた表情を浮かべた。

「御三家はなんのためにある」

直接答えず、吉宗が質問してきた。

「将軍家に人なきとき、本家へ血筋を返すためと承知いたしておりまする」

聡四郎は述べた。

「では、もう一つ訊く。御三家から将軍が出たとき、その家はどうなる」

「……わかりませぬ」

新たな質問に、聡四郎は答えを持っていなかった。

「五代将軍綱吉公、六代将軍家宣公を思い出せ。綱吉公は館林、家宣公は甲府の大名であった。では、それぞれの家は今どうなっている」

吉宗が解答への手助けをした。

「……どちらも藩は幕府に返納されましてございまする」

聡四郎は気づいた。

「そうじゃ。まあ、今は館林を家宣公の弟松平右近将監清武が領しておるが、あれは綱吉公とはまったくかかわりのないこと。一度廃された館林藩を家宣公が弟に与えただけ。石高など比べるのも嫌になるほど低いことからもわかろう。まあ、今の館林はどうでもよい」

吉宗が続けた。

「館林は綱吉公の嫡子に一度与えられたが、その徳松《とくまつ》が西の丸に入り将軍世子となったことで廃藩となった」

綱吉は吉宗と同格であり、さらに綱吉は吉宗の恩人でもある。しかし、徳松は世子でしかなく、吉宗よりも格下になる。呼び捨てにして当然であった。

「廃藩となった館林の家臣たちは、一部を除いて旗本に組みこまれた」

吉宗が一度言葉を切った。

「甲府もそうだ。家臣たちは幕臣に吸収された」

「つまりは、将軍を出したご一門は幕府へ封地を返し、家臣たちは旗本になると」

「そうじゃ」

聡四郎の確認に、吉宗が首肯した。

「では……紀州家もそうなるはずであった」

吉宗が言いたいことを聡四郎は理解した。

「ああ。躬が八代将軍になったとき、誰もが期待したはずじゃ。陪臣から旗本にあがれるとな。だが、躬はそれを許さなかった。吾が子を西の丸に入れ、跡継ぎのなくなった紀州は分家に継がせた。なぜだかわかるな」

「幕府には新たに数万の旗本を養うだけの金も領地もない」

「うむ。それだけではない。禄だけならば、収公《しゅうこう》する紀州の領地をあてがえばいい。しかし、紀州を吸収するわけにはいかなかった。躬がかなり無理をしたことで、借財は大きく減ったが、それでもまだ残っている。藩を幕府が吸収すれば、その借財も肩代わりせねばならぬ。幕政改革、倹約を旨に将軍となった躬が、幕府の借金を増やすわけにはいかぬのだ。そのようなまねをすれば……」

「大奥が納得しない」

思わず聡四郎は口にしてしまった。

「ああ。女どもが反発するのは確実であった。倹約を押しつけた躬が、幕府の借財を増やしたとあればな。失策の責を回すなといって倹約を拒んだであろう。さらに執政たちも同様じゃ。傷につけこんで、躬を家継公と同じように傀儡《くぐつ》にしただろう」

吉宗が首を縦に振った。

「わかっていたゆえ、躬は紀州をそのまま御三家として残した。だが、それは附家老どもの望みを砕いた。主君が将軍となった暁には、譜代大名に戻れる。そして新しき将軍の側近として、若年寄や老中になれる。その期待が潰《つい》えた」

「それを尾張の附家老どのも気づいた」

「気づいて当然じゃな。いつか将軍が絶え、尾張から血を本家に返しても、家臣たちはそのまま陪臣として残される。躬が前例を作ったお陰でな」

苦い顔で吉宗が述べた。

「そちが狙われる理由の半分は、躬が作った」

「半分でございますか」

さすがに聡四郎はあきれた。聡四郎が尾張へ行ったのも、吉宗の命であった。

「不服そうな顔をするな。たしかに躬の指示で尾張には行かせたが、そこで成瀬と揉《も》めて、藩士どもを斬ったのはそちじゃろう」

「それはあまりにも」

原因を作っておきながら、結果に責任をもたぬのはどうかと、加納近江守が口を挟んだ。

「文句でもあるのか」

吉宗が加納近江守を睨んだ。

「不満を申すわけではございませぬが……」

加納近江守が諫言をしようとした。

「止めよ。これが権力だ。将軍のやったこと、言ったことがすべてよ。理不尽なものであろうが、耐えるしかない」

吉宗が制した。

「躬は、他の者よりも、そちたちを厳しく扱う。同じようにしたところで、周囲からは甘く見られる。人はどうしても己を重要な人物だと思いこみたがる。同じ扱いだと不満を感じるもの。あえて他人より厳しくして、ようやくあやつらには、同格に見えるのだ。そちたちを小出半太夫と同じ扱いにさせるなよ」

ゆっくりと二人の顔を吉宗は見た。

「躬が沈むとき、そちたちは滅びる」

信頼している。片腕と思っている。遠回しながら吉宗は二人に告げた。

「不遜《ふそん》を申しあげました」

「心いたしまする」

吉宗の心を知らされた加納近江守が詫び、聡四郎は覚悟を決めた。

三

大奥女中の宿下がりに理由が要るのは、目見え以上に限った。これは将軍の手がいつくかも知れないという事情によった。将軍の手がつくかも知れない女が、男と触れあっては困るのだ。それこそ将軍の血筋の正統性に疑義を招く怖れがあった。とはいえ、紬は、将軍が必死に御台所にしようとしている竹の側にいる女である。惚れた女の近くにいる紬に吉宗が手出しをするわけはない。そのあたりの事情を理解している表使の気遣いもあり、紬は簡単に大奥を出られた。

「手紙なんぞをよこしおって……」

本郷御弓町の水城家へ向かって歩きながら、紬は頰を緩めた。

聡四郎の手から渡された大宮玄馬の手紙は、鈴音を通じて竹姫の局にもたらされた。

「男《おのこ》からの手紙とは、どのようなものじゃ。後学のために聞かせてたもれや」

その手紙を竹が読んでくれと紬に頼んだのだ。

「……はい」

頼みという形をとったとはいえ、主の言葉は命令である。紬は、大宮玄馬からの手紙を局全員に読み聞かせる羽目《はめ》になった。

「宿下がりをいうだけならば、なにも玄馬どのの手紙である意味はなかろうに」

紬が愚痴をこぼした。

身分に大きな開きがあるため、御広敷用人である聡四郎とお次並の袖が用談をすることはない。だが、竹姫付きの用人である聡四郎である。少しの密談であらば、問題なくできる。それをわざわざ宿下がりまでさせたのだ。袖が緊張するのも無理はなかった。

「……あれは」

水戸藩上屋敷の角を曲がった袖は、水城家の様子を窺う男に気づいた。

「小者姿に放下《ほうか》した伊賀者……」

放下とは、忍の遣う言葉で、変装のことである。伊賀の郷から追われる覚えのある袖は、相手に気づかれないようすばやく水戸屋敷の陰へ身を潜めた。

「……違うな。あの雑な動きは、とても忍とは思えぬ」

あからさまに見張っているとわかる拙劣さに袖が驚いた。

「罠か」

袖が深読みした。

わざと一人が目立ち、その間に別の忍が侵入する、あるいは背後から攻撃するという策はよく遣われた。

「………………」

袖が周囲に目を飛ばした。

「それらしいものには触れぬ」

気配がないことに袖は首をかしげた。

忍は気配を消す。それは同時に、違和を生み出すことになる。人がいるだけで動物や鳥、虫などが逃げていく。するとそこだけ、気配の少ない場所ができる。手慣れた忍は、そこを探した。

「だが、油断はできぬ。用人どのは、伊賀の郷忍だけでなく、御広敷伊賀者も味方とは言えぬと聞いた」

袖はさらなる用心を重ねて、じっと様子を窺った。

「まったく、手間のかかる用人どのだ」

「そうだな」

独り言をもらした袖に、背後から同意の言葉が掛けられた。

「な、なにっ」

まったく接近されたことに気づいていなかった袖が驚愕した。

「無手斎師」

「里帰りか」

振り向いた袖に入江無手斎が笑いかけた。

「いつのまに……」

「集中しすぎじゃ。もっと緩く周りを感じるようにせねば、己の警戒が甘くなるぞ」

まだ驚きから脱していない袖に、入江無手斎が諭した。

「心いたしまする」

袖がようやく落ち着いた。

「まあ、その若さでそこまでできておるのだ。落ちこまずともよいがの」

入江無手斎が慰めた。

「まだまだでございまする」

「あやつか」

謙遜《けんそん》する袖に、入江無手斎が小者を指さした。

「はい。小半刻《こはんとき》（約三十分）ほどお屋敷を見張っておりまする」

袖が告げた。

「どれ……」

入江無手斎が小者へ向かって歩き出した。

「えっ」

無造作《むぞうさ》な入江無手斎に、袖が絶句した。

「おい、そこな小者」

入江無手斎が声を掛けた。

「へい」

小者が小腰をかがめた。

宿敵との決戦で右手の肘《ひじ》から先の機能を失った入江無手斎は太刀を帯びてはいない。脇差を一つ、腰に差しているだけだが、見た目は浪人である。浪人は武家として扱う。小者はていねいな応対をした。

「当家になんぞ用か」

「はああ」

堂々と問うた入江無手斎に、袖が目を剝いた。

「……いいえ。いささか疲れましたので、休ませていただいておりましただけで」

小者が言いわけをした。

「そうか。疲れたというわけだな。それはいかぬ。どれ、屋敷で休んでいくがよい」

「と、とんでもない」

言われた小者があわてて首を左右に振った。

「遠慮をするな」

逃げようとした小者の肩を左手で摑んで入江無手斎が引きずった。

「は、離して」

小者が振り払おうとするが、入江無手斎はその力を見事にいなして、抑えこんだ。

「黙ってついてこい」

剣術使いにとって、足腰の鍛錬は重要である。男一人が抗《あらが》ったていどでは、入江無手斎の足取りをゆるがすことさえできなかった。

「なんという無茶を……」

袖があきれた。

「お、お待ちあれ」

あと少しで小者が水城屋敷へ連れこまれるという寸前、二人の武家が駆けつけてきて入江無手斎を止めた。

「皆瀬《みなせ》さま、板垣《いたがき》さま」

小者が喜びの声をあげた。

「なにかの」

しっかりと小者を摑まえたまま、入江無手斎が問うた。

「その者は、当家の小者でござる。お返しを願いたい」

若い藩士が入江無手斎に述べた。

「儂は水城家の家臣で入江無手斎と申す者。貴殿のお名前をお聞かせいただきたい」

入江無手斎が誰何《すいか》した。

「……むっ」

武家は名乗られれば、名乗り返すのが礼儀であった。若い藩士が詰まった。

「主家の名前はご勘弁願いたい。拙者は皆瀬太郎助《たろすけ》、これなるは板垣左門《さもん》でござる」

なにかあっても巻きこまないようにと家臣は主家の名前をはばかることが多い。

相手の名乗りに比べれば礼を失しているが、それ以上追及しないのも慣習であった。

「承った」

入江無手斎は小者を放した。

「申しわけございませぬ」

二人に駆け寄った小者が詫びた。

「甚吉《じんきち》、気を付けよ」

皆瀬と名乗った藩士が、小者をたしなめた。

「お手数をおかけした」

若い板垣が頭を下げた。

「もう、この辺りで休むなよ。顔を覚えたゆえな」

にやりと入江無手斎が口をゆがめた。

「……………」

無言で三人が踵を返した。

「ふん」

鼻先で笑いながら、入江無手斎が袖に目配せをした。

「……………」

無言で袖が、三人の後をつけ始めた。

「またぞろ面倒を持って帰ってきたか、聡四郎め」

入江無手斎が嘆息した。

一放流《いっぽうりゅう》入江道場の主だった無手斎だが、片手が使えなくなっては後進の指導に差し支える。入江無手斎は、道場を閉じ隠居生活に入った。その入江無手斎を聡四郎の妻紅が引きずり出した。いつも無茶ばかりする夫の警固を頼んだのである。

「馬鹿弟子の面倒を見るのも師匠の仕事じゃ」

苦笑しながら入江無手斎は紅の依頼に応じた。紅の願いが聡四郎の無事にあるのはたしかだが、その裏に収入が途絶した入江無手斎の扶助があると気づいたからである。

「女には勝てぬの」

入江無手斎は紅に心酔《しんすい》していた。

「今、戻りましてござる」

屋敷の勝手口から、入江無手斎が声をかけた。

「おかえりなさいませ。奥さまがお戻りになったら、お出《い》でをと」

出迎えた女中が告げた。

「奥方さまが。承知」

入江無手斎が首肯した。

武家屋敷の構造はおおむね決まっている。大名と違い、千石以下の旗本では表と奥の区別はさほどうるさくない。

「お呼びかの」

「お師さま、お呼び立てしてすみません」

大きくなったお腹ながら、紅が頭を下げた。

「気になさるな。そのお腹で動き回られても困る」

小さく入江無手斎が手を振った。

「で、どうなさったかの」

入江無手斎が廊下に膝をついた。

「申し訳なく……」

「当然のことじゃ」

夫の師を廊下に座らせたことに恐縮する紅へ、入江無手斎がほほえんだ。

旗本の妻として、居室に夫以外の男を入れるわけにはいかなかった。町人の出である紅は、まったく気にしないが、外に聞こえれば聡四郎の恥になった。

「袖が宿下がりしてくるはずなのでございますが、まだ戻って参りませぬ」

紅が心配だと表情を曇らせた。

宿下がりは、そのほとんどがお昼前に大奥を出る。大奥女中の出入り口である平《ひら》川門《かわもん》から本郷御弓町は近い。遅くとも昼過ぎには屋敷に着いていなければならなかった。

「袖どのならば、会ったぞ」

「ど、どこで」

紅が驚いた。

「すぐそこじゃ。なにやらこちらを窺っているうろんな男がいたのでな。そやつの身許を探ってもらっておる」

「お師さまのご指示でございましたか」

紅が安堵の息を吐いた。

「すまなんだな。勝手に袖を借りた」

「いいえ。どうせ、あの人の後始末でしょうし」

きっと紅が表情をきつくした。

「奥方の言われるとおりであろうな」

入江無手斎も真顔になった。

「玄馬はどこにおりますかの」

聡四郎同様、大宮玄馬も入江無手斎の弟子であった。

「長屋におられましょう」

紅が応じた。

「聡四郎が帰ってくる前に、話を聞いておきましょう」

入江無手斎が腰をあげた。

「よろしくお願いをいたしまする」

「お任せを」

頼まれた入江無手斎が、紅の前から下がった。

旗本の家臣は、屋敷の塀に沿って造られた長屋に住んでいる。

「玄馬、おるかの」

入江無手斎が長屋の戸を開けて、なかに入った。

「これは師。いかがなさいました」

部屋の中央で端座していた大宮玄馬が応じた。

「なにがあったのじゃ」

直截《ちょくせつ》に入江無手斎が問うた。

「…………」

大宮玄馬がうつむいた。

「黙るな。聡四郎の一大事につながることよ。知っておかねば、後手に回る」

入江無手斎が大宮玄馬に迫った。

「口止めされておるのではなかろうが」

六歳のときから、ずっと剣を教えてきたのだ。大宮玄馬の性格を入江無手斎はよく知っている。

「袖がの、後をつけていったわ」

「な、なんのことでございましょう」

大宮玄馬が戸惑った。

「本日、袖は……」

先ほどまでのことを入江無手斎が話した。

「見張られておりましたか」

小さく大宮玄馬が息を吐いた。

「おそらく尾張でございましょう」

大宮玄馬が述べた。

「御三家の尾張さまか」

「さようでございまする。なぜかはわかりませぬが、上様より尾張へ寄れとのご沙汰があり……」

確かめた入江無手斎に、大宮玄馬が伝えた。

「ふむ」

入江無手斎が考えた。

「尾張だとしたら、いささか面倒じゃの」

「はい」

大宮玄馬が同意した。

御三家は、諸大名の上にある。前田や島津《しまづ》を「そのほうども」と呼べる老中でさえ、気遣いをしなければならない。外様を鼻先であしらう旗本でも御三家相手のもめ事は避けるほど、力があった。

「少し気張らねばならぬようじゃの」

入江無手斎がすっと立ちあがった。

「お迎えに出てくる。そなたは、奥方さまを護れ」

「はい」

大宮玄馬がうなずいた。

四

下屋敷に戻った皆瀬たちは、ただちに成瀬隼人正のもとへ出頭した。

「気づかれただと」

成瀬隼人正が険しい顔をした。

「甚吉が、屋敷のものに見咎められまして」

皆瀬が言いわけをした。

「ええい。小者などに任せるからじゃ。なんのために二人も行かせたと思っておる。そなたたちが主で動くようにとの意味であろうが。なぜ、自ら汗を掻《か》かぬ」

「申しわけございませぬ」

「…………」

叱責されて皆瀬と板垣が頭を垂れた。

「で、その小者は」

「小者部屋に戻しましてございまするが」

問われた皆瀬が答えた。

「口さがない小者であるぞ。外に当家の名前が漏れるようでは困る」

「……わかりましてございまする」

明確に告げてはいないが、成瀬隼人正の意思を皆瀬はくみ取った。

「水城はいかがいたしましょう」

「屋敷は警戒されたであろう。しかも水戸藩上屋敷に近いのであろう。騒ぎで人が出てきては面倒になる」

大名家によって騒ぎのおりの対処はかなり違うが、禄高が多いところほど矜持が高く、近隣での騒動に口を出す傾向が強かった。

「となれば……」

「帰途で襲うしかなかろう。それもできるだけ早いうちに」

「……早いうちにでございまするか」

皆瀬が戸惑った。

「今からなら、下城を迎え撃てよう」

「な、なんと今からでございまするか」

板垣が絶句した。

「気づかれて対策を練られる前に討つ。兵《へい》は拙速《せっそく》を尊《たっと》ぶというではないか。そなたたちは、そのために選ばれたのだ。遊び暮らすために江戸詰を命じられたわけではないぞ」

成瀬隼人正が押しつけた。

「お待ち下さいませ」

同席していた江戸家老が、主君を止めた。

「そこまで当家がしなければなりませぬか。すでに当家は多くの藩士を失っておりまする。これ以上家中の者を死なせるのはいかがなものでしょうや」

江戸家老が諫言した。

「家が潰れるぞ」

「そのような……」

主君の言葉を江戸家老が否定しようとした。

「そなたは附家老の意味がわかっておらぬ」

成瀬隼人正が嘆息した。

「附家老は、御三家の家政を担い、いつ尾張公が将軍になられても大丈夫なように、お支えするのが役目と存じておりまする」

江戸家老が知っていると告げた。

「やはりわかっておらぬ」

大きく成瀬隼人正が首を横に振った。

「では、お教えを願いまする」

「…………」

江戸家老と皆瀬たちが主君を見つめた。

「さきほど、そなたが申したのも附家老の役目である。ただし、表のな」

成瀬隼人正が語り始めた。

「附家老の真の役目は、簒奪《さんだつ》を防ぐことにある」

「簒奪……」

「そうじゃ。御三家が将軍家に刃向かわぬように見張り、もしそうしようとするならば身をもって止める」

「御三家の目付役」

「そうじゃ」

江戸家老の呟きを、成瀬隼人正が認めた。

「事実、尾張ではないが、紀州で附家老が真の役目を果たしたことがある」

「そのようなことが……」

皆瀬が驚愕した。

「かなり古い話だが、紀州初代頼宣公は、もと駿河を与えられておられた」

頼宣は、徳川家康の寵愛をもっとも深く受けた子供であった。関ヶ原の合戦を終えた後に生まれた、名実共に己が天下人となってから生まれた最初の男子であった頼宣を家康は可愛がった。傅育《ふいく》の大名は付けたが形だけであり、頼宣はずっと家康の膝元で育った。

「駿河のすべてを譲る」

家康はその死後、頼宣に隠居領だった駿河一国と隠居城の駿府城、さらに駿河老中として、江戸の執政たちを押さえてきた有能な家臣団を与えた。

表高五十五万石、実高百万石と言われた駿河に難攻不落の駿府城、さらに有力な譜代大名を手にした弟を二代将軍秀忠が警戒しないはずはない。秀忠は、福島正則の改易《かいえき》にともなって、紀州から安芸《あき》へ移した浅野《あさの》家の後に、頼宣を指名した。

「大坂を護る紀州を預けられるのはそなたしかおらぬ」

「駿河の土地は兄上にいただいたものではなく、父より譲られたもの。吾は駿河から動かず」

秀忠の言葉を頼宣はあっさりと拒んだ。それを附家老安藤帯刀《たてわき》が覆《くつがえ》した。

「将軍の命は絶対でござる」

「嫌じゃ。兄は父より将軍位をもらった。吾から駿河を取りあげるならば、将軍位を寄こせ」

安藤帯刀の諫言に頼宣は言い返した。

「簒奪をなさるおつもりか」

聞いたとたん、安藤帯刀が頼宣に襲いかかり、懐刀をその首に模した。

「……わかった」

死をちらつかせた安藤帯刀に、折れた頼宣が駿河から紀州へと移った。

「わかったであろう。附家老の主は、御三家ではない。あくまでも将軍家である」

「御広敷用人を襲うのは、上様への叛逆《はんぎゃく》でございましょう」

矛盾していると江戸家老が反論した。

「なればこそじゃ。吉通公がなぜ急死なさったか、それを調べられてはまずいのだ」

「吉通公の死になにか……」

「七代将軍への推戴《すいたい》があったことは知っておるな」

「六代将軍家宣さまが、嫡男家継さま幼年につき、吉通さまに七代将軍をとのお話があったとは聞いておりまする」

「あれは罠じゃ」

「罠……」

「そうよ。将軍直系の家継さまがありながら、傍系に声がかかる。おかしいと思わぬか」

成瀬隼人正が問うた。

「…………」

「それも家宣さまには、血のつながりのない尾張よりも近いお身内がおられたのにだ」

「館林松平右近将監清武公……」

江戸家老が名前を口にした。

「弟君がありながら、遠い尾張へ話が来る」

「たしかに、まずは右近将監さまにお声がかかって当然」

主君の言いぶんに江戸家老が首肯した。

「あれはの、御三家に簒奪の意思があるかどうかを、家宣さまが試されたのだ。御三家とはいえ水戸に継承権はない。水戸に将軍の芽が出るのは、同母の兄である紀州家に人がいなかったときだけ。そして、あのとき、紀州には吉宗さまがおられた」

「では、七代将軍のお誘いは紀州にも……」

江戸家老が息を呑んだ。

「いったはずだ。だが、吉宗さまは断られたのだろう。お名前さえ出なかったからな。しかし、吉通公はお受けになった。お受けになってしまった」

成瀬隼人正が苦い顔をした。

「家宣さまからのお話でございましょう。受けてなにが問題に……」

「御三家はなんのためにある」

あらためて成瀬隼人正が訊いた。

「将軍家に人なきとき、本家を継ぐべしと」

「あのとき将軍家に人は……」

「あっ」

江戸家老が気づいた。

「将軍家にお世継ぎがないとき、初めて御三家は出る。それを吉通公は破った」

「ですが、もともとそれも将軍家からの……」

「親というものはな、子がかわいい。幼い子ほど行く末が心配なものだ。死に瀕《ひん》した豊臣秀吉公が秀頼《ひでより》公をなんとか天下人にしようと無理をなさったのが、いい例じゃ」

成瀬隼人正がしみじみと言った。

「まさか。家宣さまも……」

「ああ。親として子の地位を脅《おびや》かす者を排除しておこうとなさったのだ。将軍の地位に少しでも気があるそぶりを見せた者を片づけ、子供に安泰な世を残そうとなさった。無理もない。家宣さまもようやく将軍になられてこれからというときだったからな。あと十年ご寿命が、いや五年あられれば、あのような策は取られなかっただろう」

「策……では、当家に」

皆瀬が顔色をなくした。

「密命がくだった。儂が三十四歳のときじゃ」

「…………」

うなずいた主君に一同が言葉を失った。

「儂は徳川将軍家が尾張本家に忍ばせていた手の者に伝えられていた合図を送り、

吉通さまを……」

　最後まで成瀬隼人正は言わなかった。

「もし、このことを吉宗さまが知ったらどうなる」

「どうにもなりますまい。殿は家宣さまの命に従われただけ。なにも恥じることはございませぬ」

　江戸家老が、成瀬隼人正の懸念を否定した。

「家宣さまの評判が地に落ちるのだぞ。吾が子かわいさに御三家の当主を罠に落として殺させたとな」

「それがなにか」

「わからぬのか」

　首をかしげた江戸家老に、成瀬隼人正があきれた。

「吉宗さまにとって最大の敵は誰じゃ。家宣さまのご正室天英院さまと館林藩主松平右近将監さまじゃ。そのお二人を支えている家宣さまのご遺名が傷つけられる機を吉宗さまが見逃されるはずはない。当然、儂がしたことを吉宗さまはご公表なさるだろう。そうなれば守《も》りたてるべき尾張徳川家の主を害した成瀬は世間からどう扱われる。少なくとも尾張からは仇敵《きゅうてき》として見られよう。さすれば附家老などできまい」

成瀬隼人正が一度言葉を切った。

「附家老の任を果たせなくなった成瀬家を吉宗さまは喜んで潰されるであろう。わかったか、当家存亡の危機じゃということが」

「……はい」

「承知いたしましてございまする」

説明を終えた主君に家臣たちは手をついた。

「わかったならば準備をいたせ。次が切所《せっしょ》じゃ。おさおさ抜かりのなきようにな」

成瀬隼人正が急げと手を振った。


西の丸大奥は、本丸大奥よりも将軍の影響を受けていなかった。これは西の丸大奥が常設ではないことに起因している。

西の丸大奥は将軍の世子、あるいは前将軍の大御所がいるときだけに開かれる。常設でないだけに、専属の奥女中はおらず、開かれたときに奥女中が集められた。もちろん、新人ばかりで大奥が回るわけもなく、指導のために本丸大奥から手慣れた中臈や取次などが送り出された。

「西の丸など妾《わらわ》にかかわりなし」

六代将軍家宣の愛妾として、また七代将軍家継の生母として本丸大奥に君臨し続けた月光院は、吉宗の息子長福丸の西の丸大奥創設に興味を持たず、配下の女中を出すには出したが、身分低く能力のない者ばかりであった。

「妾が指導してくれよう」

対して天英院は、吉宗との仲を修復する助けになるやもしれぬとして、長福丸を抱えこもうと局から美しく役に立つ者を派遣した。

「若さま」

長福丸は六歳である。さすがに乳を飲むほど幼くはないが、まだまだ母のぬくもりを欲しがる歳頃であった。

天英院から西の丸大奥を手にするように指示された中臈は、長福丸の添い寝役となり、毎晩一つの夜具で休むようになった。

「どうぞ、今宵もお握りあそばして」

武器になる紐《ひも》をしていない夜着は、少し身体をよじるだけで簡単に胸をさらけ出す。中臈がさらけ出した大きな乳房を、長福丸は両手で摑んだ。

「……菖蒲《あやめ》」

長福丸が片方の乳首に吸い付いた。

「おたわむれを」

赤子のように無心で吸い付く長福丸の頭を菖蒲と呼ばれた中臈が撫《な》でた。

いかに男でも幼児では、閨ごとなどできるはずもないが、人というのは肌の触れあいで親しみを増す。

「菖蒲を呼べ」

「どこにおるのじゃ、菖蒲は」

長福丸は目覚めてから寝るまで、菖蒲を側から離さなかった。

「しばし、お許しを」

むずかる長福丸を別の女中に任せ、菖蒲が別室へと向かった。

「お方さまの使者というのは、そなたか」

「大奥女坊主《おんなぼうず》の栄成《えいせい》と申しまする」

座敷の下座に女坊主が控えていた。

大奥女坊主は、お城坊主と同じような役目を果たした。女の象徴である黒髪を剃《そ》ることで、俗世を離れたとされ、大奥からの出入りも自在であった。大奥へ入った将軍の忘れものを中奥まで取りに行くときの面倒を避けるために設けられたともいわれ、お城坊主同様、城中であればどこにでも入りこむことが許されていた。

「お方さまのご指示をお伝えいたしまする。ご無礼を」

下座から菖蒲の隣まで、栄成が近づいた。

「密な話か」

菖蒲が緊張した。

「……との御命でございまする」

「まことにか」

聞き終えた菖蒲が絶句した。

「まちがいございませぬ。直接、お方さまより伺いましてございまする」

栄成が強くうなずいた。

「こちらを使えと」

栄成が懐から薬包を出した。

「長福丸さまは、妾をお慕いくださっている。まだ長福丸さまの御徴《おしるし》は、男の形をなされておられぬが、そのおりには、まちがいなく妾が最初のお情けをいただけよう。もし、それで孕《はら》めば、妾は西の丸初のお部屋さまぞ。上様の御世が終わられたとき、本丸大奥を手にするのは妾。すなわちお方さまである」

菖蒲が抗弁した。

「わたくしに仰せられても」

まくしたてる菖蒲に、栄成が困惑した。

「もう一度確かめてきてくりゃれ」

菖蒲が天英院に再考を願った。

「これを」

帯に差していた香箱を菖蒲が栄成に駄賃代わりに渡した。金かものをもらわないと動かない。この点も大奥女坊主は、表坊主の悪習をまねていた。

「……無理のないことでございまする。お叱りを受けましょうが……」

うなずいた栄成が、本丸大奥へと帰った。

本丸大奥と西の丸大奥はかなり離れている。往復するだけでかなりの手間になる。しかし、栄成の戻りは早かった。

「お叱りを受けましてございまする」

菖蒲の前に手をついた栄成の顔色は悪かった。

「それを待つだけの余裕はない。年が明けるまでにすませなければ、大奥から出て行くことになると……」

栄成が報告した。

「正月まで……あと十日ほどではないか」

余りに近い期日に菖蒲の顔色が変わった。

「厳命するとのことでございまする」

「……吾が栄達《えいたつ》が……」

菖蒲が崩れるように、畳の上へ身体を投げ出した。

大奥に上がる旗本の娘は、皆出世を望んでいる。己が出世すれば、実家も引きあげられるのだ。さすがに春日局の縁者であった稲葉《いなば》家や堀田家のように老中までとはいかないだろうが、将軍あるいは世子の手がつけば、実家にも相応の褒賞が与えられる。

なにより、将軍の側室として栄華を極められるのだ。女として嫁に行き、子を産み、育てるという日常は失うが、実家や嫁入り先では決して買えない美しい着物を纏《まと》い、食べたことさえない美味を口にできる。その夢があるからこそ、六歳の子供に身を任せてきたのだ。菖蒲は無念の思いで顔をゆがめた。

「従わねば、別の者がするだけだとお方さまが。そして、そのときは、裏切り者として扱うとも」

返答をしない菖蒲に、栄成が止《とど》めを刺した。

「別の者……」

「とお方さまは仰せになりました」

顔だけを上げた菖蒲に、栄成がうなずいた。

「誰じゃ、それは」

「わたくしは存じませぬ」

栄成が首を左右に振った。

「裏切り者か……」

天英院は好き嫌いが激しい。敵に回れば容赦なく叩いてくる。

「妾は長福丸さまのご寵愛を受けておるのだぞ」

「ご実家まではお手が届きますまい」

冷静に栄成が述べた。

将軍世子の添い寝役ていどでは、実家へ恩恵をもたらすことはもちろん、護りの手を出すこともできなかった。

「妾がせずとも、誰かが……」

「…………」

すがるような目で見る菖蒲に、栄成が黙った。

「……では、これで」

栄成が去っていった。

「これを長福丸さまに」

一人になった菖蒲が、震えながら、懐から薬包を出した。

光文社文庫

文庫書下ろし／長編時代小説

情《じょう》愛《あい》の奸《かん》　御《お》広敷《ひろしき》用人《ようにん》 大《おお》奥《おく》記《き》録《ろく》(十)

著者　上《うえ》田《だ》秀《ひで》人《と》

2016年7月20日　初版1刷発行
2025年3月5日　5刷発行

発行者　三宅貴久
印刷　大日本印刷
製本　大日本印刷

発行所　株式会社　光文社
〒112-8011　東京都文京区音羽1-16-6
電話 (03)5395-8149　編集部
8116　書籍販売部
8125　制作部

落丁本・乱丁本は制作部にご連絡くだされば、お取替えいたします。
ISBN978-4-334-77314-4　Printed in Japan

組版　萩原印刷

KOBUNSHA